옮긴이_ 이상훈

서강대학교 독어독문학과를 졸업한 후 독일 마르부르크에서 러시아 문학을 전공하여 레스코프의 성자전 문학 연구로 박사학위를 취득했다. 현재 협성대와 성공회대에서 러시아 문학, 종교와 문학 등을 강의하고 있다. 『정경해체 기법으로서의 성자전 문학』을 독일에서 출간했으며, 『러시아의 맥베스 부인』, 『괴물 셀리반』, 『왼손잡이』, 『파리 젖 짜는 사람』 등을 우리말로 옮겼다.

광대 팜팔론
동방의 성자들에 관한 전설

펴 낸 날 | 2013년 4월 19일 초판 1쇄

지 은 이 | 니콜라이 레스코프
옮 긴 이 | 이상훈
펴 낸 이 | 이태권
책임편집 | 김주연
책임미술 | 이슬기
펴 낸 곳 | (주)태일소담
         서울시 성북구 성북동 178-2 (우)136-020
         전화 | 745-8566~7 팩스 | 747-3238
         e-mail | sodam@dreamsodam.co.kr
         등록번호 | 제2-42호(1979년 11월 14일)
         홈페이지 | www.dreamsodam.co.kr

ISBN 978-89-7381-626-2 03890
이 도서의 국립중앙도서관 출판시도서목록(CIP)은 서지정보유통지원시스템 홈페이지(http://seoji.nl.go.kr)와 국가자료공동목록시스템(http://www.nl.go.kr/kolisnet)에서 이용하실 수 있습니다.(CIP제어번호: CIP2013002359)

- 책값은 뒤표지에 있습니다.
- 잘못된 책은 구입하신 곳에서 교환해드립니다.

광대 팜팔론

동방의 성자들에 관한 전설

니콜라이 레스코프 지음
이상훈 옮김

소담출판사

차례

광대 팜팔론	7
하느님의 마음에 든 나무꾼 이야기	139
아름다운 아자	151
양심적인 다니엘에 관한 전설	175
그리스도인 표도르와 그의 친구 유대인 아브람에 관한 전설	211
옮긴이의 말	270

일러두기
1. *는 옮긴이 주입니다.
2. +는 저자 주입니다.
3. 레스코프는 고어나 방언을 잘 사용하는 작가이나,
   번역본 특성상 표준어로 표기했습니다.

광대
팜팔론

부드러운 것은 위대하고, 강한 것은 덧없다.
태어날 때 인간은 부드럽고 유연하지만,
죽을 때는 뻣뻣하고 단단하다.
나무 역시 자랄 때는 유연하고 부드럽다가,
죽을 때는 마르고 굳어진다.
굳고 강한 것이 죽음의 반려라면,
부드럽고 유연함은 신선한 존재의 징표이다.
그래서 굳은 것은 유연한 것을 이기지 못한다.
-노자

제 1 장

테오도시우스 대제가 통치할 무렵* 콘스탄티노플에 예르미라는 이름을 가진 유명한 사람이 살았는데, 그는 '세습 귀족이자 주지사'였다. 부자에다 고귀한 가문 태생에 명망이 높았던 그는 성품 또한 곧고 정직했으며, 정의를 사랑하고 위선을 싫어하는 사람이었다. 그러나 그가 살았던 당대에 이것은 전혀 어울리지 않는 일이었다.

오래전 오늘날 콘스탄티노플이라고 불리는 비잔티움과 비잔틴 제국 전역에서는 참된 신앙과 경건한 생활에 관한 많은 논의가 벌어지고 있었다. 그러나 이러한 논의의 이면에는 사람들의 욕망이 불타오르고 있었고, 또 그로 인해 온갖 반목과 분쟁이 생겨났다. 그 결과 모든 사람들이 경건한 삶을 추구하는 듯했지만, 실제로는 그 어떤 경건한 모습이나 행복도 찾아볼 수 없었다. 오히려 그와는 정반대로 당시 하층민들 사이에선

---

* 테오도시우스 대제는 379년부터 395년까지 로마를 통치하면서, 그리스도교를 로마의 국교로 선포했다.

극도로 추악한 행위들이 자행되었고, 또 상류 계층에선 무서운 위선이 공공연히 행해지고 있었다. 모두가 하느님을 두려워하는 듯 굴었지만, 실제로는 전혀 그리스도교적으로 살지 않았던 것이다. 다들 마음에 원한을 품고 서로를 미워했으며, 가난한 하층민들을 동정하는 마음 따위는 찾아볼 수 없었다. 자기들은 사치스러운 생활에 빠져 있으면서, 같은 시간에 평민들이 극심한 가난에 허덕이며 고통을 받고 있다는 사실을 조금도 부끄러워하지 않았다. 가난에 허덕이다가 노예나 종으로 끌려가는 사람들이 있는가 하면, 심지어 잔치가 벌어진 고관대작들의 저택 문턱에서 굶주림으로 죽어가는 사람들도 드물지 않았다. 그 결과 평민들은 가진 자들과 자신들 사이에 끊임없는 적개심이 존재한다고 생각하게 되어 서로가 서로를 죽이는 일이 비일비재했다. 사람들은 황제 앞에서 서로를 비방하는 말을 할 뿐만 아니라, 심지어는 잔치에 초대받아 가거나 혹은 자기 집에 초대한 후에 요리사나 다른 하수인을 매수하여 서로를 독살하기까지 하였다.

 이렇듯 당시 사회는 상류층이나 하류층 할 것 없이 온통 부패가 만연해 있었다.

제 2 장

앞서 말한 예르미는 본성이 온화했을 뿐만 아니라, 그리스도가 복음서에 명한 대로 사람들에 대한 사랑으로 자신의 마음을 수양하는 사람이었다. 위선적인 신앙은 아무에게도 진정한 행복을 선사하지 못하고 단지 드러내기 위한 허울과 허위에 불과하다고 생각했던 예르미는 진정한 신앙의 모습을 보고 싶어 했다. 그는 이렇게 말하곤 했다.

"복음서가 신성한 것이며 또 이 세상의 죄악을 없애기 위해서 어떻게 살아야 할지 보여준다고 믿는다면, 모든 것을 복음서에 나온 그대로 행해야지, 그것을 옳고 정당하다고 여기면서도 정작 본인은 그와 정반대로 살아서는 안 되는 법이다. 예를 들어 '우리가 우리에게 죄지은 자를 사하여 준 것과 같이 우리의 죄를 사하여 주옵소서.'라고 기도하면서, 그러기는커녕 어떤 죄도 용서하지 못하고, 조그마한 모욕에도 원한을 품는가 하면 이웃의 능력이나 목숨을 아끼지 않는 것은 물론이요, 마지막 빚까지 다 받아내려고 괴롭혀서는 안 된다는 말이다."

이에 다른 고관들은 모두 예르미를 비웃고 조롱하면서 다음과 같이 말하곤 했다.

"그러니까 당신은 모든 사람들이 서로서로 자기 겉옷을 벗어주고 벌거벗은 채 서 있는 거지꼴이 되기를 원하는 거로군. 나라 꼴이 그래서야 말이 되겠나."

이 말에 예르미는 다음과 같이 대답했다.

"나는 나랏일에 관한 것이 아니라, 단지 당신들 모두가 신성하다고 여기는 그리스도의 가르침에 따라 어떻게 살아야 할 것인지에 관해서 말하는 것일 뿐이오."

그러면 그들은 또 "제아무리 좋다고는 해도 불가능한 것들이 어디 한둘인가!"라고 대답했다. 그들은 결국 그렇게 다투다가 예르미가 정신이 이상해져서 관직을 수행할 능력이 없다고 황제에게 중상모략하기 시작했다.

이것을 눈치챈 예르미는 곰곰이 생각해보았다. 관직에 머무르면서 그리스도의 가르침에 따라 살아간다는 것이 정말 얼마나 어려운 일인가? 이런 생각에 깊이 몰입하면 할수록 그는 이 일들이 결코 함께 양립할 수 있는 것이 아니며, 어느 쪽이든 둘 중의 하나를 선택할 수밖에 없다고 여겨졌다. 요컨대 그리스도의 가르침을 버리지 않는다면 관직을 버려야 했다. 왜냐하면 이 둘은 결코 함께 어울릴 수가 없기 때문에, 억지로 어느 시점까지 이것들을 끌고 간다고 해도, 함께 공존하는 것은 잠시일 뿐, 곧 이전보다도 더 나쁜 형국으로 다시 분리되게 마련이라는 것이다. '나간 귀신 하나가 돌아올 때는 일곱 귀신을 끌고 오는 법'. 예르미는 또 다른 측면에서 생각해보았다. 자신이 만약 다른 모든 고관들을 상대로 싸우면서 그들의 잘못을 폭로한다면, 이로 인해 자신은 모든 사람들에게 미움을 받게 될 것이고, 그러면 다른 고관들이 황제 앞에서 그를 중상하여 국가 반역자로 부르며 파멸시키려 들 것이다.

'한 주인을 섬기는 자가 다른 주인을 섬길 수는 없는 법. 만약 내가 간사한 사람들과 함께 간다면 내 마음이 흐려질 것이고, 그렇다고 간사하지 않은 사람들 편에 선다면 그들에게 도움이 되기는커녕 내 자신만 불행해질 것이다. 사람들은 나를 불화를 일으키는 사악한 사람으로 여기게 될 것이고, 나는 나에 대한 중상모략을 더 이상 참지 못하고 나를 변호하게 되겠지. 그러면 내 마음이 흉악해져, 나를 비난하는 사람들을 비난하면서, 결국 나 자신도 그들과 똑같이 악한 사람이 되고 말 것이다. 안 될 말이야, 그래서는 안 되지. 나는 그 어느 누구도 업신여기거나, 비난하고 싶지 않아. 그런 것들은 모두 내가 원하는 것이 아니다. 차라리 이런 것들과 완전히 인연을 끊는 편이 더 좋겠다. 황제에게 가서 내 모든 직위를 거둬달라고 청원하자. 그리고 어디 남모르는 곳에서 남은 생을 평범한 사람으로 조용히 보내자.'

제 3 장

이렇게 마음먹은 예르미는 자기가 생각한 대로 행동했다. 테오도시우스 황제에게는 아무 불평도 하지 않았고, 그 어느 누구도 비난하지 않으면서, 다만 자신을 면직시켜줄 것을 부탁했다. 황제는 예르미에게 계속 관직에 머물러 있기를 몇 차례 권한 뒤, 해임해주었다. 예르미는 모든 직무에서 완전히 벗어났다. 그런데 같은 시기에 그의 아내가 세상을 떠났다. 그러자 홀로 남은 전직 고위 관리에게 또 다른 생각이 들었다.

'이것은 위로부터의 계시가 아닐까?'라고 예르미는 생각했다. '황제는 직무에서 나를 놓아주었고, 주님은 부부의 의무로부터 나를 놓아주셨다. 아내는 죽었고, 나에게는 내 재산으로 돌봐줘야 할 아무런 혈육도 남지 않았다. 이제 나는 복음서의 목표를 향해 좀 더 단호하게 다가갈 수 있게 되었다. 이런 나에게 많은 재산이 무슨 소용이 있으랴? 이것 때문에 언제나 불가피한 근심거리가 생기고, 또 업무에서 벗어났다고는 하지만, 재산을 지키기 위해 노심초사할 수밖에 없을 텐데. 그렇게 되

면 또다시 나는 그리스도의 제자가 되는 것과는 전혀 상관없는 일들에 얽매이고 말 것이다.'

예르미가 소유한 재산은 엄청났다. 가옥들, 부락들, 하인들과 온갖 귀중품들이 그의 소유였다. 예르미는 수하의 모든 하인들을 해방시켜주었고, 다른 재산들도 모두 팔아 빈곤한 사람들에게 나누어 주었다. 그가 그렇게 행동을 한 것은 '완전해지기'를 원했기 때문이고, 또 완전함에 이르고 싶어 하는 사람에게 그리스도는 짧고 분명하게 하나의 길을 보여주었던 것이다. '가지고 있는 모든 것을 나누어 주고, 나를 따르라.'

예르미는 이 모든 것을 한 치의 오차도 없이 다 실행에 옮겼고, 자신을 위해선 아무것도 남기질 않았다. 그리고 이 모든 것들이 전혀 애석하거나 어렵게 느껴지지 않는 것에 대해 기뻐했다. 그저 처음에만 약간 아까운 마음이 들었을 뿐, 모든 것을 나누어 주고, 아무런 거리낌도, 방해도 없이 가벼운 마음으로 복음서의 가장 높은 목표를 향해 나아갈 수 있다는 사실에 곧 마음이 편해졌다.

제 4 장

　권력과 부를 벗어나 홀가분해진 예르미는 남몰래 수도를 떠나, 아무에게도 방해받지 않고 스스로를 순결하고 거룩하게 보존하면서 하느님이 기뻐하는 생활을 할 수 있는 외진 곳을 찾아갔다.

　예르미는 맨발로 기나긴 길을 걸어간 끝에 멀리 떨어진 에데사라는 도시에 도착하여 아주 우연히 여기에서 자신을 위한 '어떤 탑'*을 발견했다. 이것은 틈새가 벌어진 높은 암벽이었는데, 그 틈새로는 사람 하나가 들어가면 안성맞춤인 공간이 있었다.

　'바로 이곳이 나를 위해 준비된 자리다.'라고 예르미는 생각했다. 그리고 곧이어 누군가 암벽에 기대어 놓은 낡은 통나무를 타고 탑으로 기어 올라가 통나무를 밀어버렸다. 통나무는 멀리 벼랑으로 굴러떨어져 부러져버렸다. 그리고 예르미는 이

---

*　그리스도교 초기 동방교회에서는 높은 암벽이나 석탑에서 고행을 하는 사람들이 있었는데, 이들은 특별히 '주상성자(柱上聖者)'라고 불렸다.

탑에서 선 채로 삼십 년을 견뎠다. 이 기간 내내 그는 과거에 분개해했던 위선과 다른 모든 악행들을 잊어버리기를 소원하면서 하느님께 기도를 드렸다.

예르미가 암벽 위로 가지고 간 것은, 그곳으로 올라갈 때 타고 올라간 긴 노끈 하나뿐이었는데, 이 삼노끈은 그에게 아주 유용하게 쓰였다.

처음 어느 날인가 예르미가 노끈을 걷어 올리는 것을 잊은 날이 있었는데, 새끼 염소를 먹이러 이곳에 왔던 목동 한 명이 이 노끈을 발견했다. 목동이 이 끈을 잡아당기자, 예르미가 그를 불러 말했다.

"내게 물 좀 갖다다오. 목이 몹시 마르구나."

물이 들어 있는 호리병을 그에게 매달아준 뒤 소년이 말했다.

"물을 마시고 호리병은 그냥 가지세요."

그 아이는 또 그에게 검고 신 딸기 한 줌을 바구니에 담아주었다.

예르미는 딸기를 먹은 후 말했다.

"하느님이 나에게 부양자를 보내셨구나."

저녁에 염소 떼를 마을로 몰고 들어간 소년은 그 즉시 자기 어머니에게 암벽에서 웬 노인을 보았다고 이야기했고, 목동의 어머니는 우물가에 나가 다른 여자들에게 이것에 대해 말했다. 이렇게 사람들에게 새로운 주상성자가 알려지게 되자, 마을에서 달려온 사람들이 예르미에게 콩깍지와 콩들을 가져다주었는데, 다 먹을 수 없을 만큼 많은 양이었다. 이렇게 세월이 흘러갔다.

예르미가 위에서 바구니와 속이 빈 호리병을 긴 끈에 매달아 내려보내면 사람들은 그 즉시 배추 잎과 마른 콩들을 바구니에 담고, 호리병에 물을 채워 보내주었다. 예전에 비잔티움의 고위 관리이자 부자였던 예르미는 이런 식으로 삼십 년을 연명한 것이었다. 그는 빵이나 불에 익힌 것은 아무것도 먹지 않았기 때문에 익힌 음식의 맛을 잊어버렸다. 당시 사람들은 이런 행위를 하느님이 기뻐하고 좋아한다고 생각했던 것이다. 예르미는 나눠 준 자신의 재산에 대해서 애석해하지도, 또 기억조차도 하지 않았다. 그는 그 어떤 사람과도 말을 하지 않았으며, 선지자 엘리야를 따라 침묵에 잠긴 채, 엄격하고 단호한 인상을 주었다.

마을 주민들은 예르미에게 기적을 일으키는 능력이 있다고 생각했다. 그가 그들에게 그런 말을 한 적이 없었는데도, 그들은 그렇게 믿었다. 병자들이 와서는, 태양이 석탑에서 대지 위로 비추는 그의 그림자 아래 머물다가 나아졌다고 느끼며 자리를 뜨곤 했다. 어쨌거나 그는 계속 침묵하면서 기도에 전념하거나 오리게네스*의 시구 삼백만 절과 그레고리우스,** 피에리

---

* 대략 185~254. 초기 그리스도교의 가장 중요한 신학자. 철저한 금욕생활로 유명하다.
** 대략 213~270. 네오체사리아의 주교. 오리게네스와 동시대인으로 그리스도교 저술가로 알려져 있다.

우스***와 스테파노****의 시구 이십오만 절을 암송했다.

그렇게 하루하루가 흘러갔다. 저녁이 되어 끓는 듯한 더위가 누그러지고 한기가 예르미의 얼굴을 식힐 때면, 그는 기도와 하느님에 대한 명상을 마치고, 가끔 세상 사람들에 관해서도 생각해보곤 했다. 지난 삼십 년 동안 세상의 악은 얼마나 늘어났을까, 그리고 진정한 가르침을 자기 생각대로 해석하는 위선과 사이비 신앙에 가려 이제 어쩌면 사람들 사이에 모든 참된 선행은 고갈되고 내용 없는 형식만이 남아 있을지도 모른다는 생각이 들었다.

위선으로 가득 찬 수도를 떠나올 때 받았던 인상들이 한결같이 너무나도 나빴기 때문에, 주상성자는 이 세상 모든 것에 대해 절망하게 되었고, 그 결과 자신도 모르는 사이에 하느님의 창조 계획과 목적을 무시한 채, 오직 그 자신만이 가장 완전하다는 생각을 품게 되었다. 그리고 오리게네스를 아무리 반복해서 외워도, 이런 생각만 들 뿐이었다. '흠, 그래, 설령 이승에서의 모든 것이 저 영원한 천국을 위해 존재한다고 치자. 그래서 사람들이, 마치 학교에 다니는 학생처럼, 영원한 천국에 들어가 이승의 학교에서 거둔 성공을 자랑하기 위해 준비를 하는 것이라고 보자. 하지만 그리스도에게서 배운 것이라곤 아무것도 없이, 이교도적인 습관을 버리지 않은 채 자기만을 위해

*** 310년경 설교가로 유명하며, '젊은 오리게네스'로 불렸다.
**** 신약성서 《사도행전》 제 6~7장에 나오는 인물로 그리스도교 최초의 순교자이다.

악하게 살아온 그들이 보여줄 성공이란 도대체 무엇이란 말인가? 그렇다면 영원한 천국이란 것도 결국 무의미한 것이 아닐까?' 실제로는 아무 유익이 없다 할지라도 '모든 것이 몹시 좋았더라.'는 것을 꿰뚫어 본 창조주가 실수를 했을 리가 있겠느냐며 오리게네스가 위로의 말을 한다고 해도, 예르미는 '온 세상이 죄에 빠졌더라.'는 느낌을 벗어버릴 수가 없던 터라, 하느님의 뜻을 알기 위한 그의 노력은 무의미해 보였다. '과연 하느님을 기쁘게 하고, 영원한 천국에 들어갈 만한 사람은 어떤 사람일까?' 예르미는 아무리 생각해봐도 영원한 천국에 들어갈 만한 사람들이 그려지지 않았고, 모든 것이 나쁘게만 보여, 모든 사람들이 악한 천성을 지닌 채 이 세상에 왔고, 이곳 이승에 살면서 더욱 흉악해질 뿐이라는 생각만 들 뿐이었다.

마침내 주상성자는 절망에 사로잡혀, 영원한 천국은 들어갈 만한 사람이 없어서 황폐해질 것이라는 생각에 이르렀다.

제 5 장

그러던 어느 날이었다. 밤의 장막이 드리울 무렵, '하느님은 과연 어떤 사람을 좋아하실까?'라는 화두에 전념하면서, 암벽 틈새의 가장자리에 머리를 기대고 있던 주상성자에게 심상치 않은 일이 벌어졌다. 조용하고 고른 대기의 숨결이 그를 감싸더니 어떤 소리가 들려오는 것이었다.

"예르미, 너는 공연히 안달하며 괴로워하고 있다. 하느님이 기뻐하시고, 또 영원한 생명의 책에 기록된 사람들은 존재한다."

주상성자는 이 달콤한 목소리에 기뻐하며 말하였다.

"주여, 저를 불쌍히 여기시거든, 단 한 명이라도 좋으니 그런 사람을 보여주소서. 그러면 이 모든 지상의 창조물에 대한 저의 마음이 안정될 것입니다."

미세한 숨결이 다시 노인의 귀에 느껴졌다.

"그러려면 너는 네가 알고 있는 사람들을 모두 잊고, 암벽에서 내려와 팜팔론이라는 사람을 찾아가거라."

이 말과 함께 숨결이 사라지자 노인은 고개를 숙이고 생각에

잠겼다. '내가 들은 것이 사실일까, 혹시 꿈을 꾼 것은 아닐까?'

그렇게 다시 차가운 밤이 지나고, 또 한낮의 불볕더위가 지나가고, 새롭게 황혼이 찾아오자, 고개를 숙인 예르미에게 소리가 들려왔다.

"아래 땅으로 내려가라, 예르미. 너는 팜팔론을 찾아가야 한다."

"도대체 팜팔론이란 자가 누구입니까?"

"그가 바로 네가 보고 싶어 하는 자들 가운데 한 사람이다."

"그러면 그 팜팔론이 사는 곳은 어디입니까?"

"그는 다마스쿠스에 살고 있다."

예르미는 다시 정신이 번쩍 들었고, 다시금 자신이 꿈결에 들은 것은 아닌지 확신이 서질 않았다. 그래서 그는 마음속으로 이 일을 다시 한 번 시험해보자고 생각했다. 만약에 세 번째로 팜팔론에 관한 말이 분명하게 들려오면, 그때는 더 이상 의심하지 않고 암벽에서 내려가 다마스쿠스로 가리라 마음먹었다. 그리고 또 도대체 그 팜팔론이란 자가 누구이며 다마스쿠스에서 그를 어떻게 찾을지 자세하게 물어보리라 결심했다.

다시 한낮의 불볕더위가 지나고 저녁의 한기와 함께 이번에도 또 엷고 시원한 숨결 속에 팜팔론이란 이름이 울려왔다.

미지의 목소리가 다시금 말했다.

"노인이여, 그대는 무엇 때문에 주저하는가? 왜 땅으로 내려가서 다마스쿠스의 팜팔론을 보러 가지 않는 것인가?"

노인이 대답했다.

"가서 알지도 못하는 사람을 어떻게 찾으란 말입니까?"

"그 사람의 이름을 말해주지 않았는가?"

"팜팔론이라는 이름은 알고 있지만, 다마스쿠스와 같이 큰 도시에 팜팔론이란 사람이 한 명만 있겠습니까? 도대체 누구라고 물어봐야 되는 겁니까?"

엷고 시원한 숨결 속에서 다시 울림이 있었다.

"그런 것은 그대가 걱정할 일이 아니다. 그대는 어서 내려가 다마스쿠스로 가기만 하면 된다. 그대가 찾아야 할 팜팔론은 그곳 사람들이 모두 알고 있는 인물이다. 누구든 거기서 처음 만나는 사람에게 물어보라. 그러면 그 사람이 그에 관해 알려줄 것이다. 그는 누구나 다 알고 있는 사람이다."

제 6 장

 세 차례에 걸쳐 이런 말이 오간 뒤, 이제 예르미는 이 목소리를 따라야 한다는 데 대해 더 이상 의심하지 않았다. 또한 팜팔론이란 사람을 찾아 다마스쿠스로 가야 한다는 것이 더 이상 불안하지도 않았다. '모두가 다 아는' 팜팔론이라면 틀림없이 어떤 저명한 시인이거나 장군 혹은 모든 사람들에게 잘 알려진 고관일 것이다. 예르미는 더 이상 깊이 생각할 필요가 없었다. 자신이 간청한 것을 얻기 위해 길을 떠나야 하는 일만 남았다.
 그러니까 이제 예르미는 똑같은 자리에서 꼬박 삼십 년을 보내었던 암벽 틈에서 기어 나와 다마스쿠스로 가야 하는 것이다…….
 예르미처럼 흠잡을 데 없는 수도자가 다마스쿠스에 사는 사람을 만나러 간다는 것은 물론 보통 일이 아니었다. 왜냐하면 당시 다마스쿠스라는 도시는 도덕적 순수성의 측면에서 볼 때 오늘날의 파리나 비엔나와 같은 도시, 즉 경건한 생활과는 아주 거리가 멀고, 죄악과 타락의 온상으로 유명한 도시들과 같은 선상에 있었기 때문이다. 하지만 고대에 기이한 일들이 어디 한둘이던가. 경건의 사자들이 파송되던 곳들이야말로 바로 그런 타락의 극치를 달리던 곳이 아니었던가.

다마스쿠스로 가야 한다! 그러나 다음 순간 예르미는 자기가 벌거숭이라는 사실을 깨달았다. 삼십 년 전 입고 왔던 옷일랑 전부 삭아버려 앙상하게 뼈만 남은 그의 몸에서 한 조각도 남지 않고 다 떨어져나갔던 것이다. 태양빛에 그을려 새까맣게 타버린 피부, 거칠게 빛나는 눈동자, 듬성듬성 패인 데다가 색이 바래버린 머리카락, 자랄 대로 자란 손톱은 꼭 맹금류의 새 같았다. 이런 모습으로 어찌 그 화려한 대도시에 자신을 드러낼 수 있을 것인가? 그러나 먼 데서 하늘의 음성이 멈추지 않고 울리어 그를 북돋우어 주었다.

"괜찮다, 예르미. 어서 가라. 벌거숭이 네 몸을 가릴 것을 얻게 될 것이다."

예르미는 마른 씨가 담겨 있는 광주리와 호리병을 들어 아래쪽 지상을 향해 던진 후, 사람들이 가져온 음식물을 매달아 올리던 바로 그 새끼줄을 타고 돌기둥에서 기어 내려왔.

주상성자의 몸은 마를 대로 말라 있었던 터라 반은 썩어 있는 얇은 새끼줄에도 매달릴 수 있을 정도였다. 실제로 그 새끼줄에서 몇 번이나 끊어질 것 같은 소리가 났지만 그는 무서워하지 않았다. 아무 탈 없이 지상으로 내려온 그는 어린아이처럼 뒤뚱거리며 걷기 시작했다. 너무 오랫동안 움직이질 않아

다리에 균형을 잡을 만한 힘이 없었기 때문이다.

어쨌든 예르미는 인적이 없고 타는 듯 이글거리는 사막을 따라 매우 긴 시간을 걸어갔다. 걷는 내내 아무도 만나질 않았기 때문에 벌거벗은 것에 대해 부끄러워할 필요는 없었다. 다마스쿠스를 얼마 남겨두지 않고, 그는 모래 속에서 풍화되어 바짝 마른 시체 한 구를 발견했다. 시체 옆으로 당시 수도원에 사는 수도사들이 입고 다니던 낡은 '염소 털 옷'이 널브러져 있었다. 예르미는 시체의 뼈를 모래로 덮어주고, 염소 털 옷을 자신의 어깨에 걸친 후 이 일에 담긴 특별한 예시를 간파하고는 기뻐했다.

다마스쿠스 시 외곽에 도달했을 때는 이미 해가 지기 시작할 무렵이었다. 노인은 걸음을 잘 조절할 수 없어서 이제 어떻게 해야 할지 결정을 내리기 힘들었다. 더 빨리 서둘러 갈 것인가 아니면 조급하게 굴지 말고 내일 아침까지 기다리는 편이 더 나을 것인가? 눈에는 가까워 보였으나, 다리 옮기기가 버거웠다. 예르미는 해가 있을 때 도착하기 위해 서둘렀다. 그러나 그가 도착했을 때는 붉은 태양이 막 져버린 뒤라 어둠이 짙어지고 온 도시가 밤안개에 잠겨 있었다. 마치 온 도시가 칠흑 같은 죄악에 잠겨 있는 것과 같았다.

예르미는 무서워졌다. 뒤로 돌아 달아나고만 싶었다……. 다시 그의 머릿속에 여러 가지 생각들이 찾아왔다. 자신이 들었던, 길을 떠나라는 음성은 그냥 환청에 불과한 것이었거나,

아니면 어떤 유혹 같은 것은 아니었을까? 도대체 이 소란스러운 도시에서 무슨 의인을 찾을 수 있을 것인가? 또 여기 어디에서 정의가 나오겠는가? 차라리 이즈음에서 왔던 길을 되돌아가 다시 나의 돌기둥 틈으로 기어 올라가 그 자리에 꼼짝 않고 있는 게 더 낫지 않을까?

몸은 벌써 뒤로 돌아서 있었지만 다리가 움직여지지 않았다. 그리고 다시 저 '가녀린 숨소리'가 귓전에 울렸다.

"어서 가서 다마스쿠스에 있는 팜팔론에게 입 맞춰 인사하라."

그가 노구를 돌려 다시 다마스쿠스를 향하자 그의 다리도 따라 움직이기 시작했다.

예르미가 도시의 성벽에 도착한 것은 파수병이 성문을 반 정도 닫고 있을 때였다.

제 7 장

불쌍한 노인은 자기 광주리와 호리병을 내주고서야 겨우 파수꾼을 설득하여 성문을 통과할 수 있었다. 이제 그는 완전히 생소하고 엄청난 죄악의 도시에 그야말로 빈털터리 상태로 들어온 것이다.

남쪽 나라는 황혼이 거의 없이 밤이 빨리 찾아오는 데다, 보통 아무것도 보이지 않을 정도로 어둠이 깊다. 게다가 이 이야기의 사건이 일어나던 때는 동방 도시들 거리에 아직 가로등이 없었고, 주민들은 일찌감치 문을 걸어 잠그던 시대였다. 당시의 밤거리는 위험하기 이를 데 없었다. 악당이 어둠을 틈타 집에 침입하여 노략질이나 살인, 방화를 하지 못하도록 사람들은 집의 문이란 문은 모두 단단히 잠갔다. 밤이 되면 늦게 들어오는 집안사람이나 친구들 외에는 아예 문을 열어줄 생각도 하지 않았다. 혹시라도 문을 두드리는 사람이 있으면 꼭 들어와야만 하는 이유를 확실히 밝혀야 했다.

밤이 늦도록 문을 열어놓는 집은 기녀 집들뿐이었다. 그곳은 모든 사람들에게 열려 있었고, 불빛을 보고 오는 사람이 많으면 많을수록 그들에겐 좋았다.

어둠이 가장 깊을 때에 다마스쿠스에 떨어진 늙은 예르미는 아침까지 어디서 묵어야 할지 도무지 막막하기만 했다. 물론 다마스쿠스에는 여관이 있었지만, 예르미는 그곳을 찾아갈 수가 없었다. 땡전 한 푼 없는 그가 여관에서 묵을 돈이 어디 있겠는가.

예르미는 걸음을 멈추고 이런 상황에서 무엇을 할 수 있을지 생각하고는 눈에 띄는 첫 집에서 일박을 부탁하기로 결심했다.

그는 결심한 대로 가장 가까운 집에 다가가 문을 두드렸다. 문 안에서 묻는 소리가 들렸다.

"거기 누구요?"

예르미가 대답했다.

"가난한 순례자라오."

"뭐요, 가난한 순례자! 순례자라며 돌아다니는 사람들이 어디 한둘이어야 말이지. 무슨 일이오?"

"하룻밤 신세를 질까 하오만."

"잘못 찾아왔소. 여관에나 가보쇼."

"가난해서 여관비가 없다오."

"거 안됐군. 그러면 아는 사람을 찾아가야지. 들어가게 해줄지도 모르잖소."

"이곳에는 아는 사람이 한 사람도 없다오."

"아는 사람이 아무도 없으면, 괜히 우리 집 문 두드리지 말고, 어서 썩 꺼지쇼."

"그리스도의 이름으로 부탁하오."

"집어치우쇼, 제발. 그 이름은 듣기도 싫소. 당신 같은 사람들 하는 짓거리란, 그리스도의 이름을 온통 입에 달고 다니면서 거짓말이나 하고 그 이름 뒤에서 나쁜 일이란 나쁜 일은 다 하고 돌아다니지. 우리 집엔 당신 같은 사람 재워줄 곳 없으니, 어서 썩 물러가시오."

다른 집으로 간 예르미는 거기서도 다시 문을 두드리며 부탁을 했다. 그 집에서도 마찬가지로 문이 닫힌 채 안에서 묻는 소리가 들렸다.

"무슨 일이오?"

"가난한 순례자입니다. 너무 힘이 들어서 그러는데…… 집에서 좀 쉬게 해주시오!"

그러나 거기서도 역시 똑같은 대답이 들려왔다, 여관에나 가보라는.

"가진 돈이 없다오."

예르미는 대답하면서 그리스도의 이름을 대었다. 그러나 들려오는 것은 욕뿐이었다.

"지겹다, 지겨워. 그리스도란 이름을 듣는 것도." 두 번째 집 문 뒤에서 들려오는 소리였다. "요즘 게으름뱅이나 악당들이 한결같이 둘러대는 이름이 그 이름이지."

"아," 예르미는 소리치며 대답했다. "믿어주시오. 나는 아무에게도 악을 행한 적이 없소. 지금 막 사막에서 오는 길이라오."

"뭐, 사막에서 왔다고? 그러면 거기에 계속 있을 것이지, 이곳엔 뭐하러 왔소?"

"나는 내 뜻대로 온 것이 아니라, 부름을 받고 온 것이오."

"그러면 당신을 부른 사람한테나 갈 것이지, 왜 우릴 귀찮게 하는 거요. 우리는 수도승이라면서 염소 털 옷을 입고 다니는 사람들이 무섭소. 당신네들은 거룩하다고 하지만, 당신들 뒤에는 귀신이 일곱씩이나 따라다니니 말이오."

'아아!' 예르미는 생각했다. '시대가 너무 많이 변했어. 이제는 나그네들을 대접해주던 예전의 풍습이라곤 전혀 찾아볼 수가 없군. 수도승 뒤에는 평범한 죄인들보다도 더 많은 귀신들이 따라다닌다는 사막의 전설은 모두 알고 있는데, 그렇다고 좋아진 것은 없고, 더욱더 나빠지기만 했어. 은자로 지낸 삼십 년간 내가 서 있던 돌기둥의 그림자 아래서 사람들이 병을 고쳤지. 그런 나를 아무도 집에 들이려 하지 않는군. 이제 악당들에게 죽임을 당할 뿐만 아니라, 변태들에게 죽음보다도 더한 치욕과 모욕을 당하게 될 거야. 그래. 지금 나는 사탄의 조롱에 빠져 있는 것이 확실해. 나를 이리로 보낸 것은 내 영혼의 구원을 위해서가 아니라 소돔과 고모라같이 나를 완전히 파멸시키기 위해서야.'

그러나 그 순간 예르미는 어둠 속에서 누군가 황급히 거리를 가로질러 가며 그를 비웃는 소리를 들었다.

"당신 정말 웃긴 양반이오, 노인장."

"무슨 말을 하는 거요?"

예르미가 물었다.

"아니, 어쩌자고 그런 멍청한 짓을 하는 거요. 높으신 양반들과 부자들에게 재워달라고 부탁을 하다니! 보아하니, 이곳 생활에 대해서 아는 게 하나도 없는 게 분명하구려."

주상성자는 잠시 생각했다. '어쩌면 이자는 도둑이나 취한 일지도 모르겠지만, 어쨌든 말하기를 좋아하는 것 같으니, 어떻게 해야 잠자리를 구할 수 있는지 물어나 봐야겠군.'

"잠깐만 서보시오. 당신이 누구건 간에, 이곳에 사람들에게 선행을 베풀기로 유명한 사람이 없는 건지 좀 말해주시오."

예르미가 말했다.

"무슨 말을 하는 거요? 여기도 그런 사람이 있고말고요."

"그런 사람이 도대체 어디 있단 말이오?"

"방금 당신이 집 문을 두드리고 이야기를 나눈 사람들이 바로 그들이오."

"그렇다면 그들의 선행은 옳은 게 아니군."

"드러내놓고 사람들에게 선행을 베푸는 자들은 모두 그런 법이오."

"그렇다면 혹시 하느님을 사랑하는 사람들은 알고 있소?"

"그런 사람들도 알고 있죠."

"그 사람들은 어디 있소?"

"그들은 지금 저녁 기도를 하고 있을 거요."

"그들에게 가봐야겠군."

"그러지 않는 게 좋을 거요. 당신이 문을 두드려 그들이 기도하는 것을 방해하면, 하인들이 당신을 땅에 내팽개쳐서 상처를 입힐지도 모르니까."

노인은 두 손을 마주 잡았다.

"어떻게 그럴 수 있단 말이오. 사람에게 선행을 베푼다는 사람들은 다른 사람이 어려운 처지에 처해 있다는 것을 믿으려 하지 않고, 하느님을 믿는다고 하는 사람들은 기도한다고 대꾸도 하지 않는다니 말이오. 당신네들의 밤은 칠흑 같고, 당신네들의 관습은 끔찍하오. 슬프도다. 정말 슬프도다!"

"거기서 그렇게 탄식하거나 하느님 믿는 자들을 찾는다고 헛수고하지 말고 팡팔론에게나 가보시오."

"뭐라고요?"

은자가 다시 한 번 묻자, 같은 대답이 들려왔다.

"팡팔론에게나 가보라니까요."

제 8 장

　은자는 팜팔론이란 이름을 듣게 되어 기뻤다. 그러니까 헛걸음을 한 것은 아닌 셈이었다. 하지만 어둠 속에서 말하는 이 사람은 도대체 누구란 말인가? 이 사람이 수호천사라면 좋겠지만, 가장 나쁜 악령일 수도 있지 않은가?

　"팜팔론은 바로 내가 찾던 사람이오." 예르미가 말했다. "나는 그를 찾아가라는 명령을 받았소. 그렇지만 당신이 말하는 팜팔론이 바로 그 사람인지는 모르겠군요."

　"당신이 찾는 팜팔론은 어떤 사람이라 그랬소?"

　"들은 이야기는 많으나, 다 말할 수는 없고, 다만 한 가지 내가 들은 바로는, 여기 있는 사람들이 모두 그를 알고 있다고 하더군요."

　"그렇다면 내가 말한 팜팔론이 당신이 찾는 사람이 맞소. 이곳 사람들이 전부 다 아는 팜팔론이라면 오직 한 명 그 사람밖에 없지요."

　"그 사람이 왜 그렇게 유명합니까?"

"아 그야, 그가 유쾌한 사람이고 또 가는 곳마다 언제나 웃음을 몰고 다니니까 그렇죠. 여기선 팜팔론이 없으면 아무 잔치도, 오락도 열리지 않아요. 모두 다 그를 좋아하죠. 낯짝이 긴 그의 잿빛 개가 뛰면 항상 방울 소리가 들리는데, 멀리서 그 소리가 들리기만 하면 모두들 기뻐하며 말한답니다. '저기 팜팔론의 개 아크라가 온다! 이제 곧 팜팔론이 올 거야. 그러면 또 한바탕 즐겁게 웃을 일이 벌어지겠지.'"

"근데 그 사람이 개는 왜 데리고 다니오?"

"그야 물론 한바탕 웃기려고 그러죠. 그 아크라라는 놈은 놀라워요. 영리한 데다가 충실한 개죠. 팜팔론이 사람들을 웃기는 데 한몫하지요. 그리고 또 팜팔론은 긴 장대에 끈으로 연결된 알록달록한 새도 한 마리 갖고 다니는데, 이것 역시 대단하답니다. 휘파람을 불기도 하고 또 뱀처럼 쉭쉭 소리를 내기도 하죠."

"개든, 알록달록한 새든 도대체 팜팔론에게 그런 것들이 왜 필요한 거요?"

"무슨 말씀? 팜팔론에게 그런 재미나는 것들이 없어서는 안 되죠."

"대체 그 팜팔론이라고 하는 자가 누군데 그런 거요?"

"아니 정말로 그가 누군지 모른단 말이오?"

"모르오. 나는 단지 사막에서 그에 관해 들었을 뿐이오."

마주 서 있던 그 사람은 깜짝 놀랐다.

"이럴 수가!" 그는 탄성을 질렀다. "그러니까 벌써 다마스쿠스뿐만 아니라 다른 도시들과 저 멀리 사막에도 우리 팜팔론이 알려졌다는 거요?! 암, 당연히 그래야지. 우리 팜팔론 같은 재주꾼은 어디에도 없을 테니까. 재미있는 농담으로 사람들을 얼마나 웃기는지 몰라요. 눈을 깜빡거리고, 귀를 움직이며, 다리를 꼬고, 휘파람을 불면서, 혀를 차고 또 머리를 비틀고선 어찌나 잘 돌리는지. 정말이지 웃지 않고는 도저히 볼 수 없지요."

"다리를 꼬고 머리를 돌린다고요." 은자는 따라 말했다. "얼굴로 연기하고, 몸을 움직이며 또 뛰어다닌다면……, 그런 사람이라면 대체 누구란 말이오?!"

"광대지요."

"뭐요……? 팜팔론이……! 내가 찾아온……! 그 사람이 광대라고!"

"그렇고말고요. 팜팔론은 광대지요. 그러니까 누구든 그를 알고 있는 거요. 거리에서 뛰고, 광장에서 굴렁쇠를 굴리며, 눈을 깜빡이고, 다리를 꼬고, 머리를 돌리니까요."

예르미는 손에 들었던 여행 지팡이를 놓칠 정도로 흥분하면서 소리쳤다.

"사라져라, 악마야, 사라져라! 나를 얼마나 더 조롱할 셈인거냐!"

그런데도 어둠 속에서 이야기하는 사람은 이런 저주를 알아듣지 못한 듯 덧붙였다.

"팜팔론의 집은 이제 여기서 저 골목만 돌아가면 돼요. 아마 아직 불이 켜져 있을 거요. 저녁이면 대개 기녀 집에서 벌어질 쇼를 위해 그의 놀이 기구들을 손질하거든요. 만일 그의 집에 불이 꺼져 있어 안 보이면, 골목을 돌아 오른쪽으로 세 번째에 있는 작은 집이니까, 잘 세어보고 들어가 밤을 보내도록 하쇼. 팜팔론의 집 문은 언제나 열려 있으니까."

이 말과 함께 어둠 속에서 말하던 사람은 어디론가 사라져버렸다. 원래 없었던 것처럼.

제 9 장

팜팔론에 관한 말을 듣고 충격을 받은 예르미는 어둠 속에 우두커니 남아 생각에 잠겼다. '이제 어떻게 해야 하나? 암벽에서 내려와 사막을 헤치고 찾아온 사람이 광대라니, 어떻게 이럴 수가! 술을 마시며 향락을 일삼는 집에서 방탕한 사람들에게 즐거움을 주고, 광장에서 재주나 부리는 어릿광대, 배우에다 요술쟁이 같은 사람에게서 무슨 선행을 찾을 수 있을 것인가?'

도무지 이해할 수 없는 일이었지만, 깊은 밤이라 달리 갈 곳은 없고, 광대에게 가는 것 외엔 별 뾰족한 수가 없었다.

은자에겐 밤을 피할 은신처를 구하는 것이 급선무였다. 온갖 궂은 날씨를 다 이겨낸 그였지만, 당시 홀몸으로 도시의 밤거리를 헤맨다는 것은 오늘날보다도 훨씬 더 위험한 일이었기 때문이다. 강도들이 들끓었고, 소돔과 고모라가 불타기 전, 거기서 볼 수 있었던 것과 같은 광기에 사로잡힌 사람들이 돌아다니는 때였다. 짐승보다도 더 흉악한 이들은 어떤 사람이든 가리지 않고 추악하기 이를 데 없는 짓을 저질렀던 것이다.

예르미는 이런 상황을 모두 기억하고 있었다. 막 골목길을 돌아서자 불빛이 보였다. 예르미는 너무도 기뻤다. 한 작은 집에서 불빛이 새어 나와 어둠 속에서 별처럼 밝게 빛나고 있었다. 그곳에 광대가 사는 것이 분명했다.

예르미가 빛을 따라가자 정말 나지막하고 아주 작은 집 한 채가 눈에 들어왔다. 문은 열려 있었고 갈대로 만든 문발이 걷어 올려져 있어 집 안이 훤히 들여다보였다.

집은 크지 않았다. 하나뿐인 방은 그다지 높은 편은 아니었어도 꽤 넓었고, 그 방 안에 있는 집주인과, 살림살이, 작업 도구들이 전부 한눈에 들어왔다. 이 모든 것들은 여기에 사는 사람이 점잖은 사람이 아니라, 말 그대로 광대에 불과하다는 것을 금방 알아차릴 수 있게 해주었다.

열려 있는 문 바로 맞은편의 회색 벽에는 긴 주둥이가 달린 점토 등잔이 하나 달려 있었다. 주둥이의 끝부분에는 기름에 담긴 심지가 빨갛게 불타고 있었다. 심지가 타들어 갈 때마다 그을음이 심하게 생겼고, 그 그을음 아래로 기름이 끓어오르며 생긴 불똥이 탁탁 떨어졌다. 사방 벽으로는 거의 잡동사니에 가까운 온갖 이상야릇한 물건들이 걸려 있었다. 사라센, 그리스, 이집트 등지의 장신구들과 함께 알록달록한 깃털, 작은 종, 딸랑이, 타악기, 붉은색 장대와 금색 덧칠을 한 고리 같은 것들이었다. 천장 한쪽 구석으로 못을 박아 고정시킨 갈고리가 있었고, 큰 낚싯대처럼 생긴 가느다란 장대가 달려 있었다. 그 장대 끝에는 끈으로 매단 나무 고리가 있었는데, 그 위에는 깃털이 알록달록한 새 한 마리가 날개에 머리를 파묻은 채 잠을 자고 있었다. 새의 발은 가느다란 사슬에 묶여 나무 고리에 연결되어 있었다. 다른 한쪽 구석에는 반원 모양으로 휜 얇은 널빤지가 있었다. 널빤지 위로는 작은 방울들이 달린 소고, 타악기, 피리들과 더불어 그것들보다 훨씬 더 기이한 물건들이 걸려 있었다. 무익한 도시 생활과 오래전에 인연을 끊은 은자로서는 모두 이름조차 알 길 없는 것들이었다.

바닥 한쪽 구석에는 침대용 돗자리가 깔려 있었고, 다른 쪽에는 궤짝이 놓여 있었다. 그 궤짝 위에 바로 집주인이 앉아서 탁자 대용의 벤치를 앞에 놓고 뭔가를 만들고 있었다.

그의 모습은 어딘가 묘한 데가 있었다. 젊은이라고는 할 수 없는, 나이가 지긋한 사람이었고, 거무스름한 얼굴은 선량하고 명랑하면서도 평온해 보였고, 약하긴 해도 눈에선 빛이 반짝였다. 하지만 얼굴은 분장을 한 모습이었고, 전체적으로 가늘고 곱슬곱슬한 반백의 머리는 땋아 내렸고, 머리 위에 구리로 만든 가느다란 테를 두르고 있었다. 구리 테의 아래쪽으로 조그만 원판과 별모양의 쇠붙이 장식이 달려 있어서 움직일 때마다 장식들이 짤랑거리며 빛을 반사하고 있었다. 그가 바로 팜팔론이었다. 그는 앉은 채로 벤치 위로 몸을 구부리고 있었다. 벤치 위에는 광대놀음에 필요한 잡다한 기구들이 흩어져 있었다. 그의 머리 앞쪽으로 점토로 된 작은 풍로와 인두가 있었다. 그는 뜨겁게 달구어진 석탄과 인두를 입으로 후후 불어가면서 얇은 고리를 하나하나 붙이느라고 한참 전부터 밖에서 한 은자가 날카로운 눈초리로 그를 뚫어지게 바라보고 있다는 사실을 전혀 눈치채지 못하고 있었다.

그러나 팜팔론의 다리 쪽 그림자에 누워 있던 기름한 얼굴의 회색 개가 근처에서 낯선 사람의 낌새를 챘는지 고개를 곧추 세우고선 으르렁거리며 일어섰다. 개가 움직이자 개목걸이에 달려 있던 청동으로 된 종들이 딸랑거렸다. 그 바람에 깃털이 알록달록한 새가 잠에서 깨어났다. 놀란 새는 날개에 파묻었던 머리를 치켜들고 날개를 퍼드덕거리며 깍깍 소리를 질러대는 한편, 부리로 날카로운 소리를 내었다. 팜팔론은 허리를 펴고 인두에서 잠시 입술을 떼었다. 그리고 소리쳤다.

"조용히 해, 아크라! 조야, 너도 조용히 해! 한객을 놀라게 하지 마라. 무료함에 지친 부자님들을 즐겁게 해주려고 우리를 부르러 오는 분이거든. 여보쇼, 발 빠른 사자 양반," 목소리를 높이며 그가 덧붙였다. "누가 보냈든지, 빨리 이리 와서 원하는 게 무엇인지 말해보쇼."

이 말에 예르미는 한숨 섞인 말로 화답했다.

"오, 팜팔론!"

"그래요, 그래. 난 오래전부터 팜팔론이지요. 춤꾼에 광대요, 소리꾼에 점쟁이이기도 하지요. 원하는 건 뭐든지 되어드린다오. 어떤 재주를 보여드릴까요?"

"잘못 짚었네, 팜팔론."

"뭘 잘못 짚었다는 거죠, 친구 양반?"

"자네 집 앞에 서 있는 사람이 원하는 건 자네의 재주가 아닐세. 자네에게 광대놀이를 해달라고 온 게 아니란 말이네."

"뭐, 아무러면 어때요! 아직 밤이 많이 남았으니, 광대가 필요해서 우리를 부르러 오는 사람이 있겠지요. 그러면 내일 나와 내 개에게 필요한 것을 벌 수 있을 테죠. 그럼 당신은 뭐가 필요해서 여기 왔나요?"

"내가 원하는 건 자네 집에서 하룻밤 묵으면서 자네와 이야기를 나누는 것일세."

이 말을 듣자, 광대는 주위를 둘러보며 철사 고리들과 인두를 궤짝 위에 올려놓고는, 눈 위쪽을 양손으로 가리고 말했다.

"댁이 누구신지 잘 안 보이는군요. 목소리도 낯설고……. 어쨌든 내 집과 물건들은 마음대로 사용해도 좋지만, 이야기를 나눈다는 건……. 당신, 혹시 날 놀리려는 심사 아닌가요?"

"놀리려는 게 아닐세." 예르미가 대답했다. "이곳엔 내가 아는 사람이 전혀 없네. 난 자네와 이야기를 나누려고 멀리서부터 왔다네. 자네 집의 불빛을 보고 여기 문 앞까지 왔으니, 나를 좀 묵어가게 해주게."

"내 등불이 무위도식하는 사람들을 위해서만 빛을 비추는 게 아니라니 기쁘군요. 댁이 누군지 간에, 다마스쿠스에서 더 괜찮은 거처를 찾을 수 없다면, 더 이상 밖에 서 있지만 말고 어서 들어와 쉬세요."

"고맙네." 예르미가 대답했다. "나그네를 잘 대접한 아브람의 집을 축복하신 하느님이 친절한 그대에게도 축복을 내려주시기를."

"자, 자, 연설은 그만하시고! 들어오지는 않고, 무슨 아브람 이야기부터 꺼내고 그럽니까. 어렵게 생각하지 마세요, 노인양반. 일단 우리 집에서 쉬면서 여독을 풀고, 떠날 때에 축복을 해도 늦지 않으니, 어서 빨리 들어오기나 하세요. 내가 집에 있어야 노인장에게 발 씻을 물이라도 내놓을 수가 있지, 밤의 향락을 위해 누가 날 부르기라도 하면 당신을 보살펴드릴 시간도 없답니다. 요즘엔 우리 일도 사양길로 접어들었어요. 최근에 시라쿠스에서 온 외지 출신 광대가 한 명 있는데, 하프를 치가며 어찌나 노래를 달콤하게 부르는지, 벌이가 좋은 일은 전부 가로채고 있답니다. 그래서 일이 생기면 한 건이라도 놓쳐서는 안 되거든요. 부르면 즉각 달려가 봐야 된답니다. 그리고 지금이 바로 유명 인사들과 돈푼깨나 있는 부자 손님들이 기녀들과 한바탕 놀아보려고 오는 시간이지요."

'저주받은 시간이군.' 예르미는 생각했다.

팜팔론은 계속 말했다.

"자, 어려워 말고 어서 들어오세요. 내 개는 신경 쓰지 마시고. 이놈은 아크라라고 하죠. 충성스러운 개이고, 내 동업자이

기도 하지요. 아크라는 위협을 주려는 것이 아니라, 나처럼 사람들에게 즐거움을 주기 위해 존재하죠. 이리 들어오세요, 방랑자 양반."

이 말과 함께 팜팔론은 계단 너머 길손에게 두 손을 뻗쳐 어둠에 싸인 길가에서 환히 밝은 방 안으로 그를 이끌었다. 순간 팜팔론은 소스라치게 놀라며 길손에게서 뒤로 물러섰다.

방 안으로 들어온 은자는 그야말로 소름이 끼칠 정도로 무서운 형상이었다.

삼십 년간 바람과 햇빛 아래 서 있었던 과거의 고위 관리는 더 이상 인간의 형상이 아니었다. 광채라고는 찾아볼 수 없는 눈에, 그을릴 대로 그을린 그의 몸은 완전히 새까만 데다가, 앙상하게 뼈와 가죽만 남은 모습이었다. 바짝 말라비틀어진 손과 발에, 제멋대로 자라 휘어진 손톱이 손바닥 안으로 구부러져 들어갔고, 머리에는 한 움큼의 머리카락만이 남아 있었는데, 그 색깔은 희지도, 노랗지도, 그렇다고 푸르지도 않은, 꼭 오리알 같은 하늘색을 띠고 있었다. 게다가 이 한 움큼의 머리카락도 머리 정 가운데에 나 있어서 영락없는 오리 새끼의 앞머리 깃털 같았다.

완전히 딴판인 두 사람은 서로 소스라치게 놀라며 마주 본 채로 서 있었다. 한 명은 분장으로 자기의 본래 얼굴을 감춘 광대였고, 다른 한 명은 머리끝부터 발끝까지 원래의 색을 잃은 은자였다. 긴 얼굴의 개와 알록달록한 깃털의 새가 두 사람을 바라보고 있었다. 모두 말이 없었다. 하지만 예르미가 팜팔론에게 온 이유는 침묵하기 위해서가 아니라, 대화, 그것도 중차대한 대화를 하기 위해서였다.

제 10 장

먼저 정신을 차린 건 팜팔론이었다.

가진 것이 아무것도 없는 예르미를 보고 팜팔론이 의아해하며 물었다.

"광주리와 물병은 어디 있나요?"

"나는 가진 것이 아무것도 없네."

은자가 대답했다.

"그렇다면, 오늘 당신 운 좋은 줄 알아요. 마침 내게 대접할 게 좀 있으니 말이에요."

"내게는 아무것도 필요 없네." 노인이 말을 끊으며 말했다. "나는 대접을 받으러 온 것이 아닐세. 내게 필요한 것은 자네가 무엇으로 하느님을 섬기는지 아는 것이네."

"뭔 말을 하는 거예요?"

"자네가 어떻게 하느님을 섬기고 있냐니까."

"아니, 무슨 그런 말도 안 되는 소리를 하는 거예요, 노인장! 내가 하느님을 어떻게 섬기냐니요! 생각조차 할 수 없는 일이에요."

"생각조차 할 수 없다니? 구원의 문제에 대해서는 누구나 생각을 할 수밖에 없는 것 아닌가. 구원의 문제보다 인간에게 더 중요한 것이 어디 있나. 또 하느님을 섬기지 않고 구원을 받는다는 것은 있을 수도 없고."

그의 말을 다 들은 팜팔론은 씩 웃으며 대답했다.

"아이고, 이런 순례자 양반이 있나! 당신 말이 얼마나 황당한지 알기나 합니까? 보아하니 속세를 떠나신 지 꽤나 오래된 게 틀림없군요."

"맞네, 나는 오래전에 속세를 떠났지. 사람들 사이에 있어 본 지 벌써 삼십 년이 지났으니. 그러나 어쨌든지 간에 내가 하는 말은 진심이고, 신앙에서 벗어나지 않는 말일세."

"뭐, 어쨌거나," 팜팔론이 대답했다. "노인장하고 다툴 생각은 없습니다. 단지 내가 말하고 싶은 건, 나는 몹시 불안정한 삶을 사는 사람인 데다 직업이 광대라 경건한 삶 같은 것에 대해서는 생각할 겨를이 없다는 거예요. 내가 하는 일은 재주넘기, 몸 비틀기에, 장난도 쳐가며 손으로는 박수를 치고, 두 눈을 끔뻑거리기도 하고, 다리를 꼬면서 머리를 떠는 짓이지요. 이런 광대 짓으로 벌어먹고 삽니다요. 이런 삶을 살면서 어떻게 신앙생활에 관해 생각할 수 있단 말입니까!"

"그렇다면 왜 이런 삶을 그만두고, 더 나은 삶을 시작하지 않는 건가?"

"친애하는 친구 양반, 그런 건 이미 다 해보았답니다."
"그런데 왜?"
"안 되더군요."
"그러면 다시 한 번 해봐야지."
"아니, 이제는 더 이상 그렇게 할 이유가 없네요."
"왜 그런가?"
"왜냐하면 얼마 전에 내 삶을 변화시킬 수 있는 기회를 놓치고 말았거든요. 두 번 다시 올 수 없는 그런 기회였는데 말이에요."
"그걸 자네가 어떻게 안단 말인가? 자네 생각에는 불가능할지 모르지만, 하느님께는 모든 것이 가능하다는 걸 모르나."
"아니요, 그것에 관해서라면 더 이상 나눌 이야기가 없습니다. 내가 하느님의 은혜를 얻지 못한다면, 이제 더 이상 그분을 시험하고 싶지 않아요. 구원을 포기하고 그냥 살아갈 수밖에. 그냥 이렇게 말이에요."
"절망한 건가?"
"아니요, 절망한 게 아니라, 단지 걱정하지 않고 즐겁게 사는 사람이 되겠다는 거지요. 그러니 나하고 믿음에 관해 말하는 건……, 어울리지 않아요."
예르미가 머리를 흔들며 말했다.
"그래도 뭔가 믿는 게 있을 것 아닌가, 아무리 자네가 그저 즐겁고 걱정이 없는 사람이라고 해도 말일세."

"내가 믿는 건, 내 자신은 그 어떤 선한 것도 이룰 수 없다는 거지요. 만약 나를 창조한 분이 언젠가 내게서 좀 더 좋은 것을 만든다면, 그건 그분의 소관이지요. 그분은 놀라운 능력을 지녔으니까."

"왜 자네는 자기 자신에 대해 신경을 쓰지 않는 건가?"

"그럴 겨를이 없습니다요."

"그럴 겨를이 없다니?"

"내 삶은 허망하기 짝이 없어요. 애써 내 자신을 구원하려고 하면, 엄습해오는 것은 슬픔뿐. 좋아지기는커녕 더욱 나빠지기만 할 뿐이지요."

"무슨 그런 당치도 않은 말을."

"아니, 정말이라니까요. 나는 결심을 했다가도 내 약한 성격 때문에 갈등하다가 결국 다시 모든 것을 없었던 일로 돌리고 광대 신분으로 되돌아오곤 한답니다."

"그렇다면 자네는 가망이 없는 사람이군."

"정말 그럴지도 모르죠."

"그렇다면 내 생각에 자네는 내가 찾던 그 팜팔론이 아닐세."

"그것에 관해서는 내가 뭐라 할 말이 없네요." 팜팔론이 말했다. "하지만 어찌됐건 간에 보아하니, 지금은 내가 당신의 순례 길에 필요한 것을 도와줄 수 있는 상황인 것 같으니, 참 다행이군요. 그러니까 지금은 내가 어쩌면 당신에게 필요한 그 팜팔론일지도 모르겠네요. 당신에게 무엇이 더 필요한지는 내일 알아보도록 하지요. 그럼 일단 발부터 씻으신 다음에, 내게 있는 걸 좀 먹고 주무시도록 하세요. 나는 광대놀음 하러 가야 하니까."

"난 자네와 이야기를 나눠야 한다니까."

"이야기요!"

팜팔론이 다시 소리쳤다.

"그렇다니까, 어쨌든 난 자네와 얘기를 좀 나눠야겠네. 그걸 위해 왔으니, 자네를 놔줄 수야 없지."

팜팔론은 잠시 노인을 바라보고는 그의 정수리에 남아 있는 푸르스름한 머리털을 건드려보더니 갑자기 웃음을 터트렸다.

"내 말이 뭐가 그렇게 우스운 건가? 실없는 사람 같으니라고."

예르미의 이 말에 팜팔론이 대답했다.

"이거 참, 무례하게 굴어 죄송합니다. 웃기는 게 습관이 되다 보니 그만 그렇게 됐네요. 당신이 나를 놔주지 않는다기에, 순간적으로 당신과 함께 시내를 돌아다니면 좋겠다는 생각이 들어서요. 당신을 데리고 다마스쿠스를 돌아다니면 정말 큰 돈벌이가 될 것 같네요. 모두 당신을 보러 모여들 테니 말이에요. 어쨌건 그런 생각을 한다는 것 자체가 부끄러운 일이지요. 그러니 당신도 나를 놀리는 것이 부끄러운 줄 알아야 됩니다."

"내가 누굴 놀렸다고 그러나."

"그러면 나와 이야기를 해서 가르침을 얻겠다느니 하는 말은 뭡니까? 도대체 당신같이 인적 없는 신성한 광야에서 도를 닦는 사람이 나같이 천한 광대에게서 무슨 가르침을 얻겠다는 거죠? 하느님께선 아직까지 내게서 하느님이 주신 최소한도의 은혜, 그러니까 정신 말이에요, 정신은 거두어 가시지 않으셨어요. 내, 당신과 내가 같지 않다는 것 정도는 알고 있으니까요. 그러니 날 놀릴 생각은 하지 말아요, 노인장. 발이나 씻겨드릴 테니, 얼른 내 침대에서 휴식이나 취하세요."

"좋네." 예르미가 말했다. "이 집 주인은 자네이니, 자네 뜻대로 하겠네."

팜팔론은 깨끗한 물이 담긴 대야를 가져와 손님의 발을 씻기고는 그에게 먹을 것을 주었다. 그러고는 잠자리를 정돈한 후 말했다.

"얘기는 내일 나누도록 하지요. 지금은 하나만 말해둘게요. 혹시 불량배같이 생긴 사람들이 내 문을 두드리거나 뭔가 벽에 부딪히는 소리가 나더라도 무서워하지 마세요. 그건 유흥을 즐기려는 사람들이 나를 부르려고 보낸 사람들이니 말이에요."

"그러면 자다 말고 나갈 건가?"

"그럼요, 부르면 언제든지 나가지요."

"정말로 어느 곳이든지 간단 말인가?"

"당연한 말씀, 어느 곳이든지 가지요. 광대 주제에 장소 가리게 됐나요."

"거 참, 불쌍한 사람 같으니!"

"내 어쩌겠어요, 순례자 양반! 내 재주를 필요로 하는 사람들은 현자나 철학자가 아니라, 유흥을 즐기는 사람들이니 말이에요. 광장이나 경기장을 오가면서, 잔치판이 벌어지는 곳에서 재주를 부리거나, 부잣집 도령들이 노는 교외 숲속에 다녀오기도 하지요. 하지만 밤중에 기녀 집에 가는 일이 제일 잦지요."

마지막 말에 거의 울음을 터트릴 뻔한 예르미는 더욱 비통한 목소리로 말했다.

"불쌍한 사람 같으니라고!"

"처량하기 짝이 없는 신세이긴 하지만, 난들 어쩌겠습니까." 광대가 말했다. "죄악 가운데 생겨나서 죄인들과 함께 자라난 죄악의 자식이니 말이에요. 광대 짓 외에 다른 것은 아무것도 배운 게 없지요. 죄악 가운데 나를 배서 낳은 나의 어머니가 이곳에서 사신 것처럼 나도 이곳 세상에서 살 수밖에요. 난 어머니가 먹을 것을 위해 다른 사람들에게 손을 내미는 것을 참을 수가 없었어요. 그래서 광대 짓으로 어머니를 모셨지요."

"그럼 자네 모친께선 지금 어디 계시나?"

"아마, 하느님 곁에 계실 거예요. 어머니는 당신이 지금 누워 있는 그 침대에서 돌아가셨지요."

"다마스쿠스 사람들이 자넬 좋아한다지?"

"'사람들이 좋아한다'라는 말이 무슨 말인지는 잘 모르겠지만, 어쩌면 좋아하는 것 같기도 하네요. 내 재주를 보고 돈을 던져주고, 또 그들의 식탁에서 먹여주기도 하니까요. 난 비싼 술도 공짜로 마십니다. 그 대신에 사람들을 웃기는 것으로 값을

치르지요."

"술을 마신다고?"

"여부가 있겠습니까. 술, 마시죠. 난 술 마시는 걸 좋아해요. 그건 확실하죠. 사람들을 웃기게 만들려는 사람이 술 없이 일할 수 있겠습니까."

"자네에게 이런 일을 하게 한 건 대체 누군가?"

"우연이라고 해야 할까, 그렇지 않으면, 뭐라고 말해야 할지, 당신같이 경건한 양반 앞에서는 설명하기가 힘드네요. 내 어머니는 젊은 시절 쾌활하고 아름다운 분이셨죠. 아버지는 상류층 사람이었어요. 그런 아버지가 나를 버리자, 지체 높은 사람들은 아무도 나를 받아주질 않았어요. 나를 받아준 건, 지금 나와 같은, 어느 광대였지요. 그 사람한테 엄청나게 얻어맞으면서 힘든 일도 많이 했어요. 하지만 그래도 그 사람에게 감사할 일이지요. 나한테 자기 기술을 가르쳐주었으니까. 지금도 공중에 링을 던져서 서로 맞추는 기술은 나를 능가할 자가 없어요. 혀 차는 기술이나, 얼굴 찡그리기, 손으로 박수 치기, 다리 꼬기, 목 돌리기 방면에서 나를 따라올 자가 없다니까요."

"그런데 이런 재주 부리기가 이제 지겹지도 않나?"

"이런 게 싫어질 때가 왜 없겠습니까. 특히나 백성들을 행복하게 해주는 데 신경을 써야 할 관리들이 기녀 집에서 노닥거리고 있는 것을 볼 때나, 이제 막 피어나는 청년들이 이런 유곽에 이끌려 오는 것을 볼 때면 더욱 그렇지요. 하지만 난 이런 환경에서 자라났고, 이걸로밖에 벌어먹고 살 재주가 없으니 뭐, 어쩌겠습니까."

"딱하고 딱한 일이구먼, 팜팔론! 보게, 이제는 자네도 머리가 희어지고 있지 않은가. 그런데 아직까지도 손으로 박수를 치면서, 뒤뚱거리는 걸음에 목 돌리기나 하고 있으니 말이네. 그것도 타락한 창부들의 집에서 말이야. 자네 자신도 그들과 함께 타락하고 말걸세."

팜팔론이 대답했다.

"내가 기녀 집에서 비실비실 다리를 꼬며 재주나 부린다고 동정할 필요는 없습니다. 기녀들이 죄가 많은 것은 사실이지만, 우리같이 힘없는 사람들을 불쌍히 여기는 마음을 가지고 있기도 해요. 자기들 손님이 취하면, 몸소 돌아다니면서 취객들로부터 우리에게 줄 돈을 모으기도 하고, 또 가끔씩은 우리를 위해 일부러 손님들에게 더 많은 서비스를 제공하기도 하지요."

예르미가 몸을 돌리는 것을 알아채고, 팜팔론은 그의 어깨를 가볍게 치면서 충고하듯 덧붙였다.

"나를 믿어요, 존경하는 노인 양반. 살아 있는 것은 언제나 살아남게 마련이죠. 기녀들의 가슴에 뛰는 심장도 아름다울 때가 많지요. 정작 우리가 슬퍼지는 건 부자들의 잔치에 갔을 때랍니다. 거기에서야말로 추악한 사람들을 많이 보게 되지요. 자긍심이 강하고 교만한 그들이 원하는 즐거움은 그냥 자연스러운 웃음이나 장난이 아니에요. 그들이 거기서 원하는 것들이란 보통 사람들은 입에 담기도 부끄러운 것들이랍니다. 때리고 상처를 주면서 위협하고, 알록달록한 내 새의 털을 뽑기도 하고, 또 내 개 아크라의 코를 때리고 침을 뱉기도 하죠. 그곳 사람들은 하층민이 무슨 일을 당하든 아무 상관도 하지 않아요. 그러고는 아침이 되면…… 기도하러 가는 척하지요."

"오, 참으로 슬픈 일이로다!" 에르미는 나지막하게 중얼거렸다. "보아하니 이자는 자기가 얼마나 더러운 곳에 빠져 있는지 전혀 모르는 것 같아. 하지만 그의 마음과 성정은 선량한 것 같구나. 내가 이곳으로 보내어진 것은 은총을 입은 그의 영혼을 다른 길로 인도하기 위해서가 분명해."

그래서 그는 영감을 받은 듯한 목소리로 팜팔론에게 말했다.

"혐오스러운 그대의 재주를 버려버리게, 팜팔론."

그러자 팜팔론이 조용히 대답했다.

"그럴 수만 있다면 얼마나 좋겠습니까. 하지만 그럴 수가 없어요."

"하느님께 기도를 하게. 그러면 하느님께서 자네를 도와주실 걸세."

이 말에 팜팔론은 흠칫 놀라며 목멘 소리로 말했다.

"기도라고요! ……당신은 어찌하여 잊고 싶은 나의 아픈 부분을 건드리십니까?"

"아하! 그러니까 자네는 벌써 맹세를 했다가 그것을 어긴 적이 있구먼."

"그래요, 바로 맞췄습니다. 난 그 못된 짓을 했었죠. 맹세를 한 적이 있어요."

"그런데 왜 맹세를 못된 짓이라고 하는 건가?"

"왜냐하면 그리스도인은 맹세하고 서약하는 것이 금지되어 있기 때문이지요. 그리고 내가 아무리 못난 인간이라 할지라도 나는 그리스도인입니다. 그런데도 나는 맹세를 했었고, 그것을 어겼지요. 이제는 알고 있어요. 연약한 인간이 전능하신 분에게 맹세한다는 것은 불가능한 일이라는 것을. 그분은 인간이 무엇이 될지 미리 정해놓으시고, 그를 빚으셨지요. 마치 토기장이가 진흙을 이겨 물레로 토기를 만들듯이 말이에요. 그래요, 맞아요, 노인장, 맞습니다. 나는 광대 짓을 그만둘 수 있는 기회가 있었는데, 그러질 못하고 말았죠."

"왜 그러질 못한 건가?"

"그럴 수가 없었어요."

"무슨 대답이 그런가. 계속해서 '그럴 수가 없었다.'니! 도대체 뭐가 그럴 수 있었는데, 그럴 수 없게 되었단 말인가?"

"그래요. 그럴 수 있었는데, 그럴 수가 없었던 거죠. 왜냐하면…… 내가 너무 앞뒤를 가리지 않기 때문이지요. 누군가 도와주어야 할 사람이 있으면, 난 내 자신의 영혼 따위는 생각하지 않거든요."

노인은 자리에서 벌떡 몸을 일으키더니 광대를 똑바로 보면서 큰 소리로 말했다.

"자네 도대체 무슨 말을 하는 건가?! 자네는 이 찰나와 같은 인생에서 다른 사람을 위한답시고 자기 영혼이 영원히 멸망해도 상관없다는 말인가! 도대체 자네는 활활 타오르는 지옥불과 심연처럼 깊은 영원한 밤을 상상이라도 해봤는가?"

광대는 웃으면서 말했다.

"아니, 난 그런 것에 관해선 전혀 아는 바가 없어요. 살아 있는 것들에 관해서도 모르는 내가 어떻게 죽은 자들의 세계에 대해 알 수 있겠습니까? 그러는 당신은 타르타로스에 관해 알고 있나요, 노인장?"

"물론이지!"

"그러나 어쨌든, 내가 보기에 당신은 이 지상에 있는 것들에 관해선 아는 게 많지 않은 것 같네요. 나는 그게 이상해요. 난 당신한테, 내가 아무 쓸모없는 인간이라고 말을 했지만, 당신은 나를 믿으려 하지 않아요. 그러니 나 역시 죽은 자들에 관해서 알고 있다는 당신의 말이 믿겨지지가 않네요."

"불행한 사람 같으니! 그렇다면 자네, 적어도 하느님에 대해서는 생각하고 있겠지?"

"하긴 하지요, 아는 게 거의 없어서 그렇지. 하지만 그렇다고 내가 크게 잘못한다고는 생각하지 않습니다. 내가 풍족한 집안에서 자란 것도 아니고, 비잔티움에서 스콜라 철학자들의 강의를 들은 것도 아니니 말이에요."

"하느님을 알고 그의 말씀을 듣는 데는 스콜라 철학을 몰라도 되네."

"그것이 바로 제 생각입니다. 그래서 언제나 마음속으로 하느님에게 이렇게 말을 하곤 하지요. 하느님, 당신은 창조주요, 저는 피조물입니다. 저는 알지 못합니다. 당신이 왜 이 가죽옷을 입혀 저를 이 세상에 보내시어 노동을 하게 했는지. 저는 이 세상을 돌아다니며, 힘들게 살고 있습니다. 만물이 어쩌면 그렇게 신비스럽게 창조되었는지 알고 싶기도 합니다. 하지만 전 당신에 관해 언제나 생각만 하는 그런 게으른 종이 되고 싶진 않습니다. 저는 그저 당신께 순종할 뿐 당신의 생각이 무엇인지 따지지는 않으렵니다. 그저 당신의 손가락이 내 가슴에 가르치는 대로 받아들이고 행할 것입니다. 제가 잘못된 행동을 하게 되면, 용서하십시오. 제게 그렇게 보잘것없는 마음을 창조하신 것은 당신이기 때문입니다. 나는 그 마음을 갖고 그저 살아갈 뿐입니다."

"그런 말로 자네 자신을 정당화하려는 건가?"

"오, 내가 바라는 건 아무것도 없어요. 난 그저 아무것도 두렵지 않다는 거지요."

"무슨 소린가! 자네는 하느님도 두렵지 않단 말인가?"

팜팔론은 어깨를 한 번 들썩이곤 대답했다.

"맞아요, 나는 그분을 두려워하지 않아요. 난 그분을 사랑하지요."

"마땅히 두려워 떨어야 할 것을!"

"왜죠? 당신은 두려워 떨고 있나요?"

"예전엔 떨었지."

"그럼 지금은 떠는 게 힘들어진 건가요?"

"난 이제 더 이상 예전의 내가 아닐세."

"그러면 확실히 더 좋아지신 겁니까?"

"모르겠네."

"거 말씀 한번 잘하셨습니다요. 그런 건 옆에서 바라보는 사람만이 알지, 당사자는 몰라요. 당사자가 자기 자신을 볼 수가 있나요."

"그러면 자네는 자네 자신에게 만족을 느낀 적이 있었는가?"

팜팔론은 아무 말이 없었다.

"제발 부탁이니, 말해주게나." 예르미는 다시 한 번 말했다. "자신에게 만족을 느낀 적이 있었는가?"

"있었습죠." 광대가 대답했다. "그걸 느낀 건……."

"그게 언제였나?"

"근데 그게 하필 제가 하느님에게서 멀어진 그 순간이었다면 믿으시겠어요?"

"오, 하느님! 이 미친 자가 무슨 말을 하는 겁니까!"

"저는 한 치도 틀림없이 사실대로 얘기하는 겁니다요."

"하지만 어떻게, 무슨 연유로 하느님으로부터 멀어진 건가?"

"어떤 탄식쟁이 한 사람 때문에 그렇게 되었죠."

"그렇다면 자네가 한 일을 말해주게."

팜팔론은 자기가 무슨 일을 당했는지 말해주려 했다. 하지만 그 순간 문에 걸려 있던 문발이 팔찌를 낀 거무스름한 두 젊은 여자의 손에 의해 옆으로 젖혀졌다. 그리고 두 여인이 경쟁이라도 하듯 낭랑한 목소리로 말했다.

"팜팔론, 우리의 재롱꾼 팜팔론! 어서 일어나 우리와 함께 가요. 당신을 데리고 가려고 우리 기녀들 집에서부터 이 깜깜한 길을 달려왔답니다. 빨리 서둘러요. 우리 집 앞이랑 대로변에 코린트에서 온 부자 손님들이 쫙 깔렸거든요. 링하고 현악기도 들고, 아크라도, 새도 데리고 가요. 오늘 밤엔 광대놀이로 두둑하게 벌 수 있을 거예요. 크게 손해 봤던 것들을 조금이라도 되찾을 수 있을 거라고요."

예르미는 잠시 여자들에게 시선을 주었다. 그녀들의 윤기가 흐르는 따뜻한 피부와 반쯤 벌어진 입, 허공을 향한 흐릿한 눈동자, 아무 생각이 없는 듯한 얼굴 표정, 욕정에 가득 찬 육체에서 흘러나오는 냄새, 이 모든 것들이 예르미의 정신을 혼미하게 했다. 은자에게는 심지어 그들의 혈관 속에 흐르는 혈액의 둔탁한 음색이 들리는 듯했고, 멀리서 울려오는 말발굽 소리, 숨소리, 바다의 요정 사이렌의 자극적인 땀 냄새가 느껴지는 것 같았다.

예르미는 두려움에 몸을 떨며 벽 쪽으로 돌아눕고는 거적으로 머리를 덮었다.

그러자 팜팔론은 그를 향해 몸을 수그리고 낮은 목소리로 말했다.

"자, 보시다시피 저는 고상한 것에 관해 생각할 시간이 없습니다요."

그리고 그는 곧바로 목소리를 바꿔 크고 명랑한 톤으로 여자들에게 대답했다.

"당장 가야지, 당장. 나일 강의 내 귀여운 꽃뱀 아가씨들."

팜팔론은 휘파람으로 아크라를 부르면서 장대를 잡아 들었다. 장대 위에 달린 고리에는 알록달록한 깃털의 새가 앉아 있었다. 다른 광대놀이 기구들도 챙겨 든 팜팔론은 등불을 끄고 나갔다.

예르미는 텅 빈 집에 홀로 남겨졌다.

제 11 장

 예르미는 모든 것을 잊고 곧바로 잠을 청할 수 없었다. 오랫동안 생각에 생각이 꼬리를 물었다. 자신이 이곳으로 온 목적은 무엇이며, 이곳에서 처한 일들을 어떤 식으로 받아들여야 할 것인가. 물론 광대가 선량한 마음을 가진 사람이라는 것은 금방 알 수 있었다. 하지만 그럼에도 불구하고 그는 천박하기 그지없는 사람이다. 박수 치고, 두 발로 춤을 추고, 목을 비틀어대는 우스꽝스러운 짓을 일삼으면서도, 이런 악마 같은 짓거리들을 그만두려고도 하지 않는다. 그런데 그렇게 오랫동안 방탕한 생활에 젖어 있었는데, 이것을 그만둔다는 것이 과연 가능하기나 할까? 그도 그럴 것이, 그 수치라고는 모르는 여자들과 함께 나간 뒤, 지금 당장 그가 어디 있는지 생각해보자. 그 여자들이 나갔는데도 아직 이곳 공기에는 그녀들의 혈액이 흐르는 소리와 사이렌의 욕정 어린 땀 기운이 남아 있지 않은가.

 심부름꾼이 그렇다면, 그녀들이 일하는 그 추악한 집은 과연 어떨 것인가!

은자는 몸서리를 쳤다.

도대체 무엇을 위해 삼십 년의 고행 후에 자신이 머물던 암벽에서 내려와 사력을 다해 그 수많은 날들을 걸어왔던 것인가? 이곳 다마스쿠스로 와서 이 흉측한 죄악의 검은 무리를 보기 위해서? 자신이 비잔티움을 떠났던 이유가 바로 이런 것 때문이 아니었던가? 아니다, 자신을 이리로 보낸 것은 하느님의 천사가 아니다. 이건 분명히 사탄의 유혹이다! 더 이상 생각할 것도 없다. 지금 당장 일어나 달아나야 한다.

노인은 몸을 일으키기가 힘들었다. 다리는 지쳐 있었고 길은 먼데, 사막은 뜨겁고 위험에 가득 차 있다. 그러나 그는 몸을 아끼지 않았다. 그는 일어나, 어둠에 싸인 다마스쿠스의 거리와 광장들을 이리저리 헤매며 달렸다. 술꾼들의 집에서는 노랫소리와 술잔 부딪치는 소리가 흘러나왔고, 님프들과 아까 그 사이렌들의 욕정 어린 신음 소리가 파도처럼 그의 정면을 덮쳤다. 하지만 그의 다리는 알지 못할 힘과 원기가 넘쳐났다. 그는 달리고 달려 자기 암벽에 도착했다. 암석의 가장자리를 붙잡고 암벽 틈새 자기 자리로 기어 올라가기 시작했다. 그런데 무섭도록 강력한 누군가의 손이 그의 다리를 붙잡더니 그를 땅 밑으로 끌어내려 버렸다. 보이지 않는 목소리가 위협적으로 그에게 울려왔다.

"팜팔론에게서 도망치지 마라. 그가 어떻게 자기 구원의 사업을 이뤄냈는지 청하여 들어보아라."

이 말과 함께 예르미는 거의 숨도 못 쉴 만큼 강한 바람에 휩싸여 있던 자리로 되돌아왔다. 눈을 떠보니 날이 밝아 있었고, 다시 팜팔론의 집이었다. 거기엔 광대도 있었는데, 맨바닥에 누워 자고 있었다. 그의 개와 울긋불긋한 깃털의 새 역시 졸고 있었다…….

예르미의 머리맡에는 두 개의 점토 그릇이 놓여 있었다. 한 그릇에는 물이, 다른 한 그릇에는 우유가 담겨 있었고, 신선한 푸른 잎사귀에 연한 염소 치즈와 즙이 많은 과일이 놓여 있었다.

지난 밤, 여기에는 아무것도 없었다……. 그것은 은자가 곤히 잠들어 있는 사이, 피곤한 몸으로 돌아온 집주인이 곧바로 잠자리에 들지 않고, 길손을 위해 차려 둔 것임에 틀림없었다. 아침에 길손이 일어나 먹고 기운을 차리도록 광대는 어디선가 얻은 음식을 전부 길손을 위해 차려 놓은 것이었다.

팜팔론의 방에는 치즈도, 과일도 없었다. 그렇다면 이건 분명히 기녀 집 유흥객들을 즐겁게 해주기 위해 재주를 부린 그곳에서 얻은 것임에 분명했다. 기녀들에게서 받은 음식을 순례자를 위해 가지고 온 것이었다.

'괴짜 주인장이로군.' 이렇게 생각한 예르미는 침대에서 일어나 팜팔론에게 다가가 그의 얼굴을 찬찬히 살펴보았다. 어제 저녁 그가 등불 불빛 아래서 본 팜팔론은 곱슬머리에 얼굴엔 진한 광대 분장을 한 모습이었다. 그런데 지금 화장을 지우고 잠들어 있는 그의 얼굴은 고요했고 또 아름다웠다. 예르미는 광대가 인간이 아니라 천사처럼 느껴졌다.

'누가 알랴!' 예르미는 생각했다. '어쩌면 나는 속고 있는 것이 아닐지도 모른다. 어쩌면 이것은 나를 시험하려는 것이 아니라, 바로 이자가 나보다 더 완전하고, 내가 그에게서 무언가 배워야 할 바로 그 팜팔론인지도 모른다. 오, 하느님! 이것을 어떻게 알 수 있을까? 어찌해야 이 의혹을 풀 수 있을 것인가?'

급기야 노인은 울음을 터트리고 말았다. 광대 앞에서 무릎을 꿇고, 그의 머리를 감싸 쥔 채 눈물을 흘리며 그의 이름을 부르면서 말이다.

잠에서 깨어난 팜팔론이 물었다.

"아니, 왜 이러십니까, 순례자 양반?"

노인이 울고 있는 것을 본 팜팔론은 깜짝 놀라 황급히 자리에서 일어나며 말했다.

"연로한 얼굴에 눈물을 보이시다니 무슨 일이랍니까? 누가 마음을 상하게라도 했나요?"

예르미가 그에게 대답했다.

"내 마음을 상하게 한 것은 다른 사람이 아니라 자넬세. 내가 광야를 떠나 자네에게 온 것은 자네에게서 교훈을 얻고자 했기 때문일세. 그런데 자네는 어떤 식으로 하느님을 섬기고 있는지 도무지 내게 말하려 하지 않으니. 숨기지 말게나, 날 괴롭게 하지 말아주게. 내가 보기에 자네는 속된 삶을 살고 있는데도 하느님의 사랑을 받고 있는 것같이 생각되니 말일세."

팜팔론은 잠시 생각에 잠긴 후에 입을 열었다.

"절 믿어주십시오, 노인장, 내 삶에는 정말이지 칭찬받을 만한 것이 전혀 없습니다. 오히려 그 반대로 온통 추악한 것뿐이지요."

"그렇다면 혹시 자네 자신이 모르고 있는 건 아닌가?"

"그걸 내가 어찌 모를 수가 있겠어요! 직접 보셨듯이, 난 내가 속된 삶을 살고 있다는 것을 잘 알고 있습니다. 게다가 난 나의 이런 생활을 개선할 수도 있었는데, 그렇게 하지 않은 불순한 마음을 가진 사람이란 말입니다."

"정 그렇다면 이것 하나만이라도 말해주게. 어떻게 자네의 생활이 개선될 수 있었는지, 또 그런데도 왜 그렇게 할 생각을 하지 않았는지 말일세. 그리고 또 어찌하여 자네가 잘못된 행동을 한 그 순간에 그런 자네 자신에게 만족을 느꼈는지 말이네."

"아하! 그거라면 말할 수 있죠." 팜팔론이 대답했다. "무슨 일이 있어도 꼭 들으셔야겠다면, 내가 겪었던 일을 말씀해드리지요. 하지만 아마도 내 이야기를 다 듣고 나면, 저희 집에 더 이상 머무르고 싶은 생각이 없어지실 겁니다. 그러니 여기 있는 것보다는 일어나 교외 들판으로 나가는 게 더 좋을 것 같습니다. 거기 야외에서 내가 개과천선할 수 있는 희망을 송두리째 앗아간 그 사건에 관해 말씀해드리지요."

"가세, 자, 어서 빨리."

낡은 누더기로 몸을 가리며 예르미가 대답했다.

두 사람은 교외로 나가 거칠고 가파른 비탈에 자리를 잡았다. 그들의 발치에는 아크라가 앉아 있었다. 그리고 팜팔론의 이야기가 시작되었다.

제 12 장

"무슨 일이 있어도 당신이 알고 싶어 하는 그 일에 관해선 말하지 않으려고 했어요. 하지만 내가 이야기를 하기로 결심한 이유는 당신이 계속해서 나를 선한 사람으로 생각하기 때문이랍니다. 부끄럽습니다. 난 그런 말을 들을 자격이 없는 사람이에요. 오로지 경멸의 대상이 될 수 있을 뿐. 난 크나큰 죄인인 데다 술을 좋아하는 사람이지요. 하지만 가장 나쁜 것은 내가 배신자라는 사실입니다. 그것도 단순한 배신자가 아니라, 하느님을 배신한 사람이랍니다. 하느님께 맹세를 해놓고, 기적과도 같이 그 맹세를 지킬 수 있는 절호의 기회가 온 바로 그 순간에 그것을 저버렸으니까요. 부탁이니, 내 이야기를 잘 들어보시고, 나를 엄중히 판단해주십시오. 당신이 판단해주시는 말씀을 내가 받아야 할 벌로 알고 달게 받으렵니다.

광대로서 살아간다는 것이 얼마나 역겨운지는 이미 보셨으니, 다른 것들은 아마 이야기를 하지 않아도 알 수 있을 겁니다. 그야말로 나는 천하고 추악하기 이를 데 없는 사람이지요.

내가 신에 관해 배운 적도 없었고, 내 생활에서 그런 생각을 하게 되는 경우는 거의 없다고 했던 말은 진실입니다. 단 하나, 정확히 보신 것이 있는데요. 나도 내 영혼에 관해 생각한 적이 있다는 겁니다. 취객들의 향락을 위해 밤새 재주를 부린 후, 동이 틀 무렵 집에 돌아오면 이런 생각에 잠기곤 했죠. 이렇게 살아갈 필요가 있을까? 먹고살기 위해 죄를 짓고, 또 죄를 짓기 위해 먹어야 되다니. 다람쥐 쳇바퀴 돌리듯이. 하지만 순례자 양반, 인간이란 교활해서 어떠한 상황에서도 자기 허물을 가릴 무화과 나뭇잎을 구하기 마련이지요. 나도 마찬가지였어요. 나는 종종 내 자신에게 이렇게 말하곤 했지요. 내가 죄를 짓는 것은 어쩔 수 없기 때문이야. 내가 버는 것으로는 입에 풀칠을 하기도 힘든 상황이잖아. 만약 나에게 돈이 생겨 아주 작은 밭이라도 사서 부쳐 먹을 수만 있다면, 지금 당장이라도 광대 짓을 때려치우고 다른 사람들처럼 품위 있게 살 텐데 말이야. 나한텐 이런 일이 한 번도 제대로 이루어지지 않았죠. 그런데 그건 결코 내 손에 돈을 쥐어본 적이 없어서가 아니었어요. 그럼요, 돈이 생길 때도 이따금 있었죠. 하지만 그때마다 무슨 일이 생겨, 모은 돈을 모두 써버렸고, 그래서 필요한 돈을 모을 수가 없었지요. 예를 들어 누군가 화를 당하면, 난 그 사람이 너무 안쓰러워서 모든 걸 탈탈 털고 다시 가난해지거든요. 만약 내 수중에 한꺼번에 많은 돈이 생기는 날이 온다면, 그때는 아마 광대 생활을 청산하고 품위 있는 삶을 살게 되겠지만, 나는 도저히 한 푼 두 푼 모으는 재주가 없어서요. 하느님은 왜 나를 이렇게 만드셨을까? 하지만 만일 그분이 관대한 손으로 언젠가 한 번에 몰아서 도움을 주신다면, 그렇게만 된다면 난 결코 딴 데 신경을 안 쓰고 선한 삶을 살아갈 텐데. 수도사들이나 성직자들, 그리고 하늘 왕국을 기다리는 모든 사람들이 존경하는 그런 고귀한 사람들처럼.

그런데 믿으실 수 있겠어요? 바로 그 말 그대로 이루어진 거예요. 도저히 생각지도 못했던 놀라운 일이 갑작스럽게 벌어진 겁니다. 내 이야기를 잘 듣고 엄격하게 절 판단해주십쇼.

다음과 같은 일을 겪게 된 겁니다.

어느 날 난 이곳의 기녀 중에 아젤라라고 하는 한 기녀네 집에 갔지요. 손님들을 즐겁게 해주기 위해 불려 간 거죠. 아젤라는 젊지는 않지만, 여전히 아름다움을 잃지 않은 여자이지요. 그녀는 이곳의 그 누구보다도 아름답고, 화려하고, 영리하답니다. 그녀의 집엔 손님이 많았고, 언제나 로마에서 온 외국인들이나 코린트 출신의 허풍선이 부자들이 들끓었지요. 그들은 모두들 술에 취해 끊임없이 나를 보고 재주를 부려라, 노래를 하라며 요구했어요. 또 자기들을 재미있게 해달라는 사람들도 있어서 원하는 대로 모두를 만족시켜주었지요. 그런데 이들은 내가 지쳤는데도 전혀 아랑곳하지 않고 나를 놀려대며 웃음을 터트렸고, 이리저리 떠미는가 하면, 또 뭔가 불쾌한 것을 섞은 술을 억지로 마시게 했을 뿐만 아니라 그것을 나에게 뿌려 댔고, 또 내 불쌍한 개까지 골려댔어요. 그들은 아크라의 다리 털을 잡아 뽑고, 콧잔등에 침을 뱉어대기도 했답니다. 개가 으르렁거리자 개를 패면서, 심지어 죽이겠다고 위협까지 해댔지요. 난 그 모든 걸 참았습니다. 그들에게서 한 푼이라도 더 벌기 위해서요. 왜냐하면 그때 나는 한 불구자 병사를 고향으로 돌려보내기 위해 돈이 필요했거든요. 영리한 기녀 아젤라는 사람들이 나를 괴롭히는 것을 보자, 이것을 이용해 큰 돈벌이가 되도록 했지요. 그녀가 자기 치마를 펼치며, 저를 위해 동냥을 좀 하라고 모두에게 부추기자, 술에 취해 있던 사람들이 많은 돈을 던져주었답니다. 그중에서도 특히 한 사람, 불룩한 배에 목이 안 보일 정도로 뚱뚱하고 잘난 체 잘하는 오루스라는 코린트 사람이 있었어요. 오루스가 큰 소리로 말하더군요.

'아젤라, 자네 치마 속에 모인 금이 얼마나 많은지 모두 보여주게.'

그녀가 보여주었어요.

그걸 들여다본 오루스는 인상을 한 번 쓰더니, 교만한 웃음과 함께 로마인들을 보면서 이렇게 말하더군요.

'내가 하는 말을 잘 듣게, 아젤라. 지금 이 집에 있는 손님들을 모두 내보내게. 그러면 내 하인을 시켜 지금 광대를 위해 거둬들인 것의 열 배를 주도록 하겠네.'

아젤라가 손님들에게 이렇게 말했지요.

'현명하신 손님 여러분, 행운의 여신 포르투나가 죽은 자들에게 오는 것은 흔치 않은 일이랍니다. 게다가 그녀가 팜팔론을 찾은 것은 아직 그의 일평생 동안 통틀어 한 번도 없었답니다. 자, 행운의 여신에게 자리를 내어주시기 바랍니다. 여러분들은 가서 조용히 잠이나 주무세요.'

손님들은 불평을 늘어놓으며 떠났고, 아젤라는 마지막으로 나를 배웅하면서 셀 수도 없을 정도로 많은 돈을 내게 주었는데, 다음 날 아침, 세어보니 금화로 이백삼십 닢이나 되더군요. 너무 기쁘기도 했지만, 다른 한편으로는 겁이 나기도 하면서, 이런 생각이 들더군요. '이것이야말로 내가 광대놀음을 청산할 수 있는 절호의 기회야. 이거야말로 내 기도에 대한 하느님의 응답이 분명해. 이제껏 한 번도 이렇게 많은 돈이 한꺼번에 생긴 적은 없었어. 이젠 누가 나를 괴롭히거나 조롱하는 것도 끝이다. 이제 나는 가난뱅이가 아니야. 이 돈을 위해 나는 어제 그 숱한 모욕을 참아냈어. 덕분에 앞으로는 그런 일은 더 이상 겪지 않게 되었군. 광대 짓은 끝이다! 이젠 깨끗한 물이 넘쳐나는 샘과 가지가 무성한 종려나무가 있는 아담한 땅을 찾아보자. 그 땅을 사서 떳떳하게 살아보는 거야. 성직자나 수도사와 알고 지내면서도 부끄러워하지 않는 그런 사람들처럼 말이다.'

나는 갖가지 다양한 희망을 품게 되었고, 내가 어떤 식으로 삶다운 삶을 살게 될지 너무너무 기대가 됐지요. '아침 일찍 일어나겠지, 지금처럼 아침이 되어서야 겨우 잠자리에 드는 게 아니라 말이야. 더 이상 휘파람은 불지 않고 대신 찬송을 부를 거야. 낮에는 바로 내 소유의 포도원에서 일을 하고, 저녁이 되면 내 소유의 종려나무 아래에 있는 내 소유의 샘터에 앉아 나의 영혼에 관해 묵상을 하면서, 지나가는 나그네가 있는지 살펴볼 거야. 나그네가 눈에 띄면 일어나 마중을 가야지. 그리고 그를 불러 집으로 초대해서 쉬게 해줄 거야. 음식을 대접한 후, 그와 함께 별이 총총한 하늘 아래 조용히 앉아 하느님에 관해 얘기를 나누어야지. 내 생활은 고상하게 바뀌게 될 거고, 늙어서 기력이 쇠할 때까지 광대 생활을 하는 일은 더 이상 없을 거야.'

난 결심을 더욱 굳건히 하기 위해, 그리고 무슨 일이 있어도 마음이 약해지지 않도록 끊어지지 않는 사슬로 내 양손을 묶기까지 했답니다……. 그때 난, 전에 말씀드렸던 것을 실행에 옮겼던 겁니다. 이젠 기필코 다른 사람이 되겠다는 맹세를 말이에요. 하지만 잘 들어보세요, 그 이후에 무슨 일이 있었는지, 그리고 도대체 무엇 때문에 그 맹세와 언약을 깨트려야 했는지요.

제 13 장

 난 그 가난한 병사의 집에 가질 않았죠, 한 푼도 쓰지 않으려고요. 그리고 돈을 전부 침대 머리맡 아래 땅 속에 숨겨놓고는, 아침이 되어도 문발을 걷어 올리지 않았어요. 병이 난 것처럼 행동하면서 취객들이 판을 치는 주연에는 더 이상 가려고 하지도 않았지요. 날 부르러 오는 사람에겐 누구에게든 이렇게 대답했지요. 병이 나서 맑은 공기를 쐬면서 병을 고쳐줄 약초도 찾을 겸 교외에 있는 산에 간다고 말이죠. 그러고는 중개업을 하는 유대인 카피톤을 몰래 찾아갔지요. 그 사람은 어디서 무얼 파는지 훤히 아는 사람인데, 그에게 종려나무 그늘이 드리워진 물이 좋은 땅을 좀 찾아달라고 부탁했지요. 그랬더니 그 중개업자는 날 기쁘게 해주려고 기다린 사람처럼 그 자리에서 이렇게 말하는 거예요.
 '있네. 자네에게 꼭 맞을 만한 게 하나 있지.'
 그러고는 매매할 땅이라면서 소개해주는 땅이 그야말로 나로서는 생각조차 할 수 없는 그런 좋은 땅이지 뭡니까. 그곳에는 샘, 종려나무뿐만 아니라, 그윽하게 향기가 나는 수풀도 있는데, 거기에서 흘러나오는 향기가 그 근처 사방을 가득 채우는 그런 곳이라는 거예요.

'어서 빨리 가서 그 땅을 사주시게.'

내가 말했죠.

그 유대인 중개업자에게서 모든 것을 처리해주겠다는 약조를 받은 후, 나는 속으로 생각했지요. '자, 이제야말로 부도덕했던 내 생활을 완전히 청산할 때가 왔어. 이제 난 내 짤랑이와 삑삑이를 전부 버리고, 또 그 우스꽝스러운 옷들을 다 벗어버리고, 고상한 가운을 입고 지내야지. 낮에는 머리에 수건을 두르고 들에 나가 일을 하고, 저녁에는 집 앞에 앉아 나그네를 환대하는 아브람처럼 행동하는 거야.'

하지만 솔직히 말씀드리자면, 난 그 시간 내내 모종의 불안감을 느끼고 있었어요. 왠지 내가 계획한 이 모든 일들이 하나도 이루어지지 않을 것만 같았지요.

카피톤에게서 돌아오는 길에 갑자기 공포가 밀려왔습니다. 내가 허풍쟁이 코린트인에게서 돈을 얻었다는 걸 누군가 알고 있지는 않을까? 그래서 내가 없는 사이에 집에 와서 침대 밑에 숨겨두었던 내 돈을 훔쳐간 건 아닐까? ……난 재빨리 집으로 달려갔어요. 난생처음 느껴보는 불안감에 사로잡힌 채 말이에요. 집에 돌아오자마자 바닥에 바짝 엎드려 내 비밀 장소를 파헤치고는 돈을 세어보았죠. 금화 이백삼십 닢. 허풍선이 코린트인 오루스에게서 받은 돈이 전부 그대로 있었어요. 그래서 난 다시 그 돈을 묻어두고, 그 위에 몸을 웅크리고 앉았지요. 꼭 개처럼 말이에요.

내가 무엇을 두려워했는지 알고 싶지 않으세요? 내가 무서웠던 것은 돌아다니면서 도둑질을 하는 그런 도둑들만이 아니었습니다. 내가 또 두려워했던 것은 바로 내 마음속에 나와 함께 영원히 살고 있는 그런 도둑이었지요. 난 다른 누구의 불행에 대해서도 알고 싶지 않았어요. 내 결심이 약해질까 봐서요. 누구든지 자신의 이전 생활을 개선하려는 사람에겐 다른 사람이 어떻게 되든 신경 쓰지 않는 단호함이 필요하죠. 다른 사람들의 불행이 내 책임은 아니니까요.

카피톤에게 다녀오느라고 몹시 지쳐 있었기 때문에 난 곧 잠이 들고 말았죠. 하지만 잠을 자면서도 계속 불안에 사로잡혀 있었나 봅니다. 꿈에서 나는 벌써 오래전에 카피톤이 말한 땅을 사서, 이미 빛이 잘 드는 환한 집에서 살고 있었어요. 근처 샘터에는 시원한 물이 졸졸 흐르고 있었고, 발삼 수풀에서는 그윽한 향기가 나를 감싸고, 가지 무성한 종려나무는 내게 그늘을 만들어주었죠. 그런데 이 모든 아름다움 속에는 무언가 부패한 것이 도사리고 있었습니다. 샘물 속에는 거머리가 득실대고 있었고, 종려나무 주위에는 거대한 두꺼비들이 뛰어다니는가 하면, 향기 그윽한 수풀 밑에는 독사가 똬리를 틀고 있지 않겠어요. 독사를 보고 깜짝 놀란 나는 그만 잠이 깨고 말았지요. 그러고는 또 '내 돈이 잘 있을까?'라는 생각이 드는 거예요. 돈은 잘 있었습니다. 난 누구든지 그 돈을 가져가려면 그냥은 못 가져가도록 그 위에 자리를 잡고 앉았지요. 그런데 갑자기 이런 생각이 드는 겁니다. '어쩌면 아젤라의 집에서 오루스가 내게 준 돈에 관해 이 다마스쿠스에서 모르는 사람이 없을지도 몰라. 허풍쟁이 코린트 사람 오루스가 주연에서 내게 돈을 던져 준 것을 비밀로 남겨둘 리가 없어. 그자가 그런 일을 한 것은 당연히 모든 사람들이 그의 재산을 부러워하게 만들고, 또 소문을 퍼트려 자신을 과시하려고 한 걸 거야. 그렇다면 지금 나에게 돈이 있다는 사실을 사람들이 알고 있을 것이고, 그러면 밤에 나에게로 와서 나를 때리고 돈을 강탈해 가거나, 혹여 내가 반항이라도 할라치면 나를 죽일지도 몰라.'

생각이 여기까지 이른 데다, 발이 쳐져 있었기 때문에 집 안은 참을 수 없을 정도로 덥게 느껴졌지요. 그래서 발을 올리려고 문가로 갔는데, 거리에 청년 두 명이 빵을 가득 담은 광주리를 메고 가는 게 보이더군요. 그들의 앞에는 마찬가지로 빵을 담은 광주리를 실은 당나귀가 가고 있었습니다. 청년들이 당나귀를 몰면서 이야기를 나누고 있는데…… 바로 나에 관한 이야기를 하고 있지 않겠어요!

한 명이 이렇게 말하더군요.

'이것 봐, 우리 팜팔론이 이제는 문발도 올려놓지 않네.'

다른 청년이 대답했습니다.

'이제 그 사람이 문발을 올려놓을 이유가 없지. 그 사람은 더 이상 광대 짓을 할 필요가 없다고. 그는 이제 부자야. 자고 싶은 만큼 잘 수가 있다니까. 오늘 우리 빵집에 빵을 사러 온 사람들이 한결같이 했던 이야기, 너도 들었잖아.'

'그럼, 당연하지. 어찌나 정신없이 그 이야길 들었던지, 주인한테 뒤통수를 얻어맞기까지 했다니까. 코린트에서 온 어떤 허풍쟁이가 기녀 아젤라의 집에서 우리 다마스쿠스 부자들의 기를 죽이려고 팜팔론에게 금화 만 닢을 주었대. 이제 그 사람은 집이니, 정원이니, 여종들이니 닥치는 대로 다 사들이고, 분수대 옆에 누워 지내는 일만 남았지 뭐.'

'만 닢이 아니야, 금화로 이만 닢이라고.' 다른 청년이 틀렸다면서 고쳐 말하더군요. '게다가 아직 이 돈들을 진주를 아로새겨 놓은 함 속에 두었다는데. 그 사람, 틀림없이 궁전 같은 집이 딸린 땅을 사서, 대형 부채를 들고 시중을 드는 미소년들을 자기 주위에 세워두고, 온갖 학자들을 다 모아놓고 온갖 언어로 성령이니 뭐니 하는 종교적인 것에 관한 이야기를 나눌 거라고.'

빵 가게에서 빵을 배달하는 이 청년들의 대화를 통해 나는 내가 횡재했다는 사실이 벌써 온 다마스쿠스에 다 알려졌다는 것을 알았지요. 그런데 문제는 그뿐만 아니라 잘난 체하는 오루스가 거들먹거린 탓에 내가 얻은 돈의 액수가 열 배도 넘게 부풀려졌다는 거였어요.

그런데 실제 그 허풍쟁이 오루스가 내게 던진 돈의 액수가 금화 이만 닢은커녕, 삼백 닢이 채 안 된다는 걸 누가 알겠습니까? 그걸 아는 사람은 당연히 나밖에 없지요. 그도 그럴 것이 오루스가 자기가 나에게 던진 돈을 몸소 세어보았을 리는 만무하지 않겠어요?

그런데 이 말은 이 청년들이 우리 집을 지나가며 던진 마지막 말에 비하면 아무것도 아니었어요. 청년 가운데 한 명이 하는 말이, 지금 사람들이 모두 궁금하게 생각하는 것은, 과연 내가 지금 이만 닢이나 되는 그 많은 금화를 어디에 숨겼을까, 하는 것이었어요. 그리고 이 돈에 관해 특히 많은 관심을 드러낸 이가 암문이라는 피리쟁이였다는 겁니다. 그자는 구제 불능의 악당으로, 옛날엔 양편으로 갈라져 서로 싸우던 군대의 병사였다가 강도가 되어 순례자들을 죽이기도 한 자였습니다. 그리고 그 후엔 니트리 광야의 수도사가 되었다가, 마침내 웬 흑인 창녀 한 명을 데리고 피리를 들고 이곳, 우리 다마스쿠스에 나타난 자지요. 그 흑인 창녀는 니트리 동료 수도사의 양털 옷을 몸에 두르고 있었는데, 사람들이 하는 말이 틀림없이 그자가 동료 수도사를 죽였을 거래요. 이곳에서 그자는 그 창녀를 발가벗긴 채로 유곽에 팔아버리고, 그 자신은 오래전부터 그 양털 옷으로 밤마다 기녀 집 문턱을 드나드는 유흥객들의 발에 묻은 먼지나 오물을 닦아주고 있었지요. 또 내가 쇼를 할 때 종종 피리를 불기도 했는데, 허구한 날 기녀들에게 쫓겨나기 일쑤였어요. 물론 잘못은 암문에게 있었지요. 부끄러운 것도 모르고 자기 얼굴에 연지를 바르고 눈썹을 그리기 시작했던 거예요. 꼭 어지자지*처럼 말이에요. 이런 식으로 그자는 여자들의 경쟁자처럼 되어서 여자들에게 혐오의 대상이 되어버렸죠. 암문은 나를 죽도록 미워했어요. 내가 알기로는 심지어 벌써 몇 번이나 취한들을 사주해서 밤에 나를 공격해 화를 입히려고 했대요.

이제 나를 해하려는 암문의 욕망이 훨씬 커졌을 것은 당연지사였지요. 게다가 옛날에 강도짓을 하던 습성이 있으니까 계획한 악행을 실행에 옮기는 것은 식은 죽 먹기였고요. 돈도 있겠다, 사람들을 사서 강제로 일을 시켰던 거지요.

---

* 남자와 여자의 생식기를 한몸에 겸하여 가진 사람이나 동물

제 14 장

 언제 암문에게 습격당할지 모른다는 생각이 전광석화처럼 뇌리를 스쳐가자, 나는 너무도 놀라 창문을 가린 문발을 걷고 집을 지나가는 청년들을 불러 세울 엄두가 나지 않았습니다. 그들에게서 신선한 빵을 샀어야 했는데도 말이에요.
 던져 주는 돈을 얻기 위해 광대 짓을 하면서도 난 언제나 배불리 먹었고, 게다가 기분이 나면 심심치 않게 술까지 마셔 가며 원기를 회복하곤 했었는데, 이제 금화가 생기자, 난생처음으로 하루 종일 음식 한 조각, 술 한 모금 없이 지내게 된 셈이었죠. 게다가 황혼이 빠른 속도로 짙어져 어두운 밤이 되면서 동시에 내 불안 역시 빠르게 커져갔지요.
 그런데 문제는 음식이 아니었습니다. 내가 두려워한 건 내 전 재산과 내 목숨 때문이었어요. 피리쟁이 암문이 자기 하수인들과 함께 잔뜩 겁에 질린 내 영혼의 바로 눈앞에 서 있는 것 같았지요. 난 틀림없이 이럴 거라고 생각했어요. 그자가 이미 낮에 온 사방을 다 돌아다니며 자기와 함께 악행을 저지를 만한 사람들을 물색해서, 어둠이 깃드는 이 시간에 모두 어느 동굴이나 선술집에 모여 있다가, 완전히 어두워지면, 내게서 금화 이만 닢을 빼앗으러 이곳으로 올 것이다. 그리고 그들이 나에게서 자기들이 생각했던 것만큼의 돈을 발견하지 못하면, 코린트인 오루스가 내게 그만큼의 돈을 주지는 않았다는 것을 믿지 않고, 나를 불로 지지면서 고문을 해댈 것이다.

그 순간 불현듯 집의 문을 잠그지 않았다는 데 생각이 미치자 눈앞이 캄캄해졌지요. 아직까지 나는 한 번도 가난한 내 집의 문을 잠근다는 생각을 한 적이 없었으니까요. 집을 비울 때만 잠시 그냥 형식적으로 문을 걸어두는 것 외에는 밤에 심지어 문도, 창문도 걸지 않은 채 잠을 잘 때가 많았지요.

그러나 이제 그런다는 건 말이 안 됐어요. 거의 밤이 다 된 시간이었으니, 서둘러서 전부 살펴보고 가능한 한 단단히 문을 잠가야 했어요. 쉽게 집 안으로 침범하지 못하게 말이에요.

가능하면 문을 안쪽에서 걸어 잠글 생각으로 문으로 다가서는데, 바로 그 순간 갑자기 내 눈앞에서 문발이 활짝 열리더니 천으로 온몸을 둘러싼 사람 하나가 내게로, '들어왔다'라기보다는 낯선 사람의 강력한 손에 의해 방 안으로 내동댕이쳐진 것 같았어요. 그대로 내게 덮치듯 엎어진 그는, 내 목을 껴안고 꼼짝도 하지 않은 채 절망적인 목소리로 신음하듯 말했지요.

'날 좀 구해줘요, 팜팔론!'

제 15 장

그 순간 내 머리는 암문에 대한 공포와 여러 가지 상상으로 가득 차 있던 터라, 암문이 행동을 개시했다는 생각 외에는 아무 생각도 할 수가 없었지요. '이것이야말로 교활하기 이를 데 없는 강도 암문의 술책임에 분명하다.'고 말이에요.

나는 나를 덮친 그 불청객의 손이 날카로운 비수로 내 가슴을 깊숙이 찌르는 듯한 고통이 벌써 느껴지는 것 같았어요. 그래서 내 목숨을 구하기 위해, 있는 힘을 다해 그 낯선 사람을 밀쳐냈지요. 그랬더니 그 사람이 날듯이 벽 쪽으로 튕겨져 나가 나무판자에 걸려 구석으로 떨어지더라고요. 그 순간 난, 뒤에 따라 들어올 사람들보다는 약해 보이는 이 한 사람을 상대하는 것이 쉽겠다는 생각이 들었어요. 그래서 재빠르게 문을 닫고, 단단히 빗장을 질렀지요. 그러고는 손에 도끼를 들고 가만히 귀를 기울였습니다. 집에 들어오는 자는 누구든지 도끼로 내려치겠다고 단단히 결심을 했지요. 그러면서 내게서 튕겨져 나가 구석에 쓰러져 있는 침입자에게서 눈을 떼지 않았어요.

그런데 차츰 그자가 좀 이상하다는 생각이 들기 시작했습니다. 구석에 떨어진 그대로 미동도 않고 있었는데, 그가 차지한 공간이 꼭 아기 몸집같이 너무 작지 않겠어요? 게다가 그에게선 나에 대한 적의가 조금도 느껴지질 않았고, 오히려 나와 한편인 것 같더라고요. 유심히 내 행동 하나하나를 주시하던 그자가 가쁘게 숨을 내쉬면서 속삭이듯 말했지요.

'문을 잠그시오! ……빨리! ……빨리 잠그라니까요, 팜팔론!'

난 깜짝 놀랐습니다. 하지만 엄한 목소리로 말했어요.

'좋아, 잠그지. 그런데 내게서 필요한 게 뭐요?'

'일단 당신 손 좀 빌려주시오. 마실 물하고. 그리고 등불 밑으로 나를 좀 데려다 주시오. 그러면 내가 필요로 하는 것을 말해주리다.'

'좋소.' 내가 대답했죠. '당신 꿍꿍이속이 무엇이든, 일단 내 손을 잡으쇼. 여기 등불 밑에 앉아 물 좀 마시고.'

이렇게 말하면서 난 그에게 내 손을 내밀었어요. 그랬더니 내 앞에 어린아이와 같은 가벼운 몸매가 드러나지 않겠어요.

'당신, 남자가 아니라 여자잖아!'

내가 소리쳤죠.

그랬더니 그때까지 속삭이는 목소리로 말하던 불청객이 여자 목소리로 대답하더군요.

'그래요, 팜팔론, 난 여자예요.'

이 말을 하며 그 여자가 자신의 몸을 감싸고 있던 어두운 색깔의 외투를 펼쳤습니다. 그러자 젊고 아름다운 여인의 모습이 내 눈에 들어왔는데, 어디선가 본 듯한 얼굴이었어요. 그 얼굴에는 아름다움과 함께 엄청난 고뇌의 빛이 어려 있었지요. 그녀의 머리는 섬세하게 잘 땋은 머리카락으로 덮여 있었고, 향유를 바른 몸에서는 짙은 향수 냄새가 풍겨왔지요. 그녀는 끔찍한 말을 하면서도 전혀 부끄러운 기색이 없더군요.

'날 좀 보세요, 내가 아름답지 않은가요?'

한 손으로 등불을 가리면서 그녀가 물었어요.

'그래요,' 내가 대답했죠. '그대가 아름다운 건 의심할 여지가 없어요. 하지만 나한테서 괜히 시간낭비하지 말고, 도대체 원하는 게 뭔지 말해보시오.'

그녀가 말했어요.

'날 알아보지 못하는군요. 난 프톨로메우스와 알비나의 딸 마그나예요. 나를 사서 가지세요, 광대 팜팔론. 프톨로메우스의 딸을 가지라고요. 지금 당신에겐 재산이 많잖아요. 전 돈이 필요하답니다. 남편을 구하고 노예로 팔려 간 아이들을 풀어줄 돈이 말이에요.'

이 말을 마친 마그나는, 눈물로 얼굴을 적시면서, 서두르는 손길로 치마 허리띠를 풀기 시작했습니다.

제 16 장

 노인장! 난 이제껏 수많은 사람들을 봐왔지만, 그렇게 기이한 손님은 내 생애 처음이었답니다……. 그녀는 너무도 괴로워하면서 자기를 팔려고 했는데, 그 모든 모습이 내 심장을 꽉 옥죄어오더군요.
 마그나라는 이름은 이 다마스쿠스에서 가장 아름답고, 고귀하고, 불행한 여자의 이름이지요. 난 그녀가 어렸을 때부터 알고 있었어요. 하지만 마그나가 비잔티움 사람 루피누스와 함께 우리를 떠난 이후부터는 그녀를 보지 못했죠. 그녀가 그 사람에게 시집간 것은 그녀 아버지와 어머니, 그 도도한 알비나의 뜻이었어요.
 '잠깐!' 나는 이렇게 외치며 말했지요. '이제야 알겠습니다. 당신은 정말 그 고귀한 마그나 아가씨, 프톨로메우스 나리의 따님이 맞군요. 아가씨가 어렸을 적에 저는 아가씨 아버님께서 부르셔서 아가씨네 집 정원에서 재주를 부리며 아가씨를 즐겁게 하곤 했지요. 그러면 아가씨는 그 친절한 손으로 제게 동전과 밀빵, 건포도와 석류 같은 것들을 주시곤 했지요! 아가씨에게 무슨 일이 일어난 건지 어서 말씀해보세요. 아가씨께서 그렇게 사랑하시던 남편 분, 그 화려한 비잔티움의 부자 루피누스는 어디에 계시는 거죠? 혹시 바다의 파도가 그분을 삼켰거나, 저 바다 건너에 있는 스키타이 야만인의 칼에 그 젊은 목숨을 잃으신 것은 아니겠지요? 아가씨의 가족들은, 아가씨의 아이들은 어디에 있습니까?'

마그나는 눈을 내리깔고 아무 말도 하지 않았어요.

'그렇다면 적어도 아가씨가 언제 이 다마스쿠스에 왔는지라도 말씀해주시죠. 그리고 왜 이곳에 있는 친척들이나 부유한 옛날 친구들에게, 그 영리한 포티나, 학식이 많은 타오라, 순결한 실비야 아가씨와 같은 분들에게 가시지 않은 겁니까? 왜 바쁜 걸음으로 나 같은 가난하고 천한 광대의 집을 찾아오신 거죠? 그러고는 지금 이렇게 말도 안 되는 제안을 하면서 저를 짓궂게 놀리시다니요!'

그러자 마그나는 슬픈 얼굴로 고개를 흔들면서 대답을 했지요.

'팜팔론, 나의 그 모든 끔찍한 불행을 모르고 있나요? 난 놀리는 게 아니에요. 장난으로 이곳에 와서 나를 팔겠다고 하는 게 아니에요. 나의 남편과 아이들은! ……나의 남편과 아이들은 모두 노예로 팔려 갔어요. 나의 슬픔은 이루 말할 수가 없답니다!'

'아가씨가 무엇 때문에 그렇게 슬퍼하시는지 어서 내게 말씀해주세요. 내가 도울 수 있는 일이 있다면, 내 당장에 무슨 일이든지 기꺼이 하겠어요.'

'좋아요, 당신에게 모든 걸 다 이야기하지요.'

마그나가 입을 열었어요.

그리고 바로 그 순간, 은자여, 나는 저 유혹에 넘어가고 말았답니다. 그로 인해 나의 맹세와 언약, 그리고 영원한 생명까지 그 모든 것을 잊어버린 거지요.

제 17 장

 난 마그나를 일찍이 그녀가 아주 어렸을 때부터 알고 있었지요. 그녀 아버지의 집 안에 들어가 본 적은 없었어요. 단지 아이를 즐겁게 해주려고 광대인 날 불렀을 때, 정원에만 머물곤 했지요. 그 집은 찾는 방문객들이 별로 없었어요. 왜냐하면 고매했던 프톨로메우스는 항상 품위 있게 행동하면서 경박한 생활을 하는 사람들과는 어울리지 않았거든요. 그의 집에는 광대를 필요로 하는 그런 무리는 없었어요. 그곳에서는 학식 있는 신학자들이 모여서 여러 가지 고상한 이야기들이나 성령에 관한 이야기들을 나누었지요. 프톨로메우스의 아내이자 아름다운 마그나의 어머니였던 알비나는 그런 남편에게 잘 어울리는 여자였습니다. 다마스쿠스의 화려한 여인들은 모두 그녀를 좋아하지 않았어요. 하지만 모두들 그녀의 고결함은 인정해주었지요. 알비나의 신실함은 모든 사람들에게 귀감이 될 정도였어요. 마그나의 빼어난 미모는 그 어머니에게서 그대로 물려받은 거지요. 하지만 마그나에게는, 그 어머니와는 달리, 어린이 특유의 동정심이 있었습니다. 그녀의 아버지 프톨로메우스의 집 정원은 아름다웠어요. 큰 도랑못으로 둘러싸여 있었고, 그 너머로는 넓은 들판이 펼쳐져 있었지요. 난 시외에 있는 아젤라의 유곽으로 가는 먼 길을 피하려고 자주 이 들판을 가로질러 다녔지요. 언제나 광대 봇짐을 메고 이 개와 함께 다녔어요. 당시만 해도 아크라는 강아지여서, 광대의 개가 할 줄 알아야 할 것들을 아직 다 익히지 못했지요.

들판을 건너다가 항상 중간쯤에서 멈춰 쉬곤 했는데, 그 자리는 바로 프톨로메우스의 정원 바로 건너편이었어요. 그곳에서 쉬면서 보리빵을 먹고 또 아크라를 훈련시키곤 했어요. 난 보통 도랑못의 비탈진 면에 앉아서 빵을 먹은 후에, 아크라를 훈련시켰는데, 좁은 내 방에서 연습했던 기술들을 넓은 평지에서 반복시키는 것이었지요. 이렇게 연습을 시키는 중에 한번은 꽤 성장한 마그나의 아름다운 얼굴을 보게 되었어요. 그녀가 나뭇가지 뒤에 숨어서 호기심에 가득 찬 눈으로 아크라가 재미있게 재주 부리는 것을 잎사귀 사이로 바라보고 있더라고요. 이것을 눈치챈 나는 모르는 체하면서 그녀에게 더 재미있는 기술을 보여줄 생각을 했는데, 그건 그 당시 아크라에게는 좀 벅찬 일이었어요. 그래서 아크라를 재촉하려고 그 녀석을 채찍으로 몇 차례 때렸어요. 그런데 개가 낑낑거리는 소리를 내자, 그 순간 마그나를 가리고 있던 잎사귀가 흔들리더니, 아가씨의 아름다운 얼굴이 온데간데없이 사라져버린 거예요…….

그래서 갑자기 화가 치밀어 오른 나는 아크라에게 두 번 더 채찍을 휘둘렀죠. 개가 애처로운 신음 소리를 내자, 정원 울타리에서 호통치는 소리가 들려왔어요.

'못된 사람 같으니! 왜 그렇게 불쌍한 동물을 못살게 굴어요! 왜 그렇게 개가 하지도 못할 일을 억지로 시키고 그러는 거죠?'

그 소리에 몸을 돌려보니, 나뭇가지 뒤에 숨어 있던 마그나가 일어나, 잎으로 뒤덮인 울타리 위로 가슴 높이까지 몸을 내밀고 나를 향해 불같이 화를 내고 있지 않겠어요.

'절 너무 나무라지 마십시오, 아가씨.' 내가 대답했죠. '전 못된 사람이 아니랍니다. 이 개가 이런 기술을 배우는 것은 저의 직업상 어쩔 수 없는 일이에요. 우린 이것으로 먹고사니까요.'

'멸시받을 쾌락주의자들에게나 필요한 그런 멸시받을 직업을 가지고 있다니.'

그녀가 내게 말했어요. 그래서 난 이렇게 대답했죠.

'오, 아가씨! 사람들은 각자 자기가 할 수 있는 것을 하면서 먹고산답니다. 다른 사람의 힘으로 살아가거나, 또 주위 사람들에게 해를 끼치지 않고 사는 것만 해도 다행입죠.'

'그런 당치도 않는 말을 하다니, 주위 사람들을 타락시키기나 하는 주제에.'

이렇게 말하는 마그나의 눈에서 나는 그녀 어머니 특유의 그 단호함을 느낄 수가 있었지요. 난 이렇게 대답했어요.

'그렇지 않습니다요, 아가씨. 아가씨가 그렇게 단호하게 생각하고 말씀하시는 것은, 아가씨가 아직 세상을 덜 겪어보셔서 그런 거랍니다. 저같이 단순한 사람이 어떻게 고귀하신 분들을 타락시킬 수 있겠습니까.'

이렇게 말한 나는 그 자리를 떠나려고 등을 돌렸어요. 그러자 그녀가 나를 불러 멈춰 세우고는 다음과 같이 말하더군요.

'당신이 고귀한 사람들 운운하는 것은 당치도 않는 말이에요. 그것보단 여기…… 이 지갑이나 받아요. 내가 이걸 주는 것은 당신의 그 불쌍한 개에게 먹을 거나 좀 사주라고 그러는 거예요.'

이 말과 함께 그녀는 실크 지갑을 던졌어요. 그런데 그 지갑이 내가 있는 곳까지 날아오질 못했지요. 그래서 난 그걸 잡으려고 몸을 펼치다가 그만 도랑못 바닥으로 굴러떨어지고 말았답니다.

이 사고로 나는 큰 부상을 입게 되었지요.

제 18 장

도랑못 바닥의 좁은 동굴처럼 생긴 곳에서 나는 꼬박 열흘을 보내야 했어요. 이런 곤란한 상황에 처한 나에게 위로가 되었던 것은 매일같이 그 고귀한 마그나 아가씨가 내게로 내려와 준 것이었습니다. 그녀는 아주 귀한 음식들을 가지고 왔어요. 그 음식들은 나와 아크라가 먹고 남을 정도였지요. 게다가 마그나는 그 여린 손으로 직접 샘물에 수건을 적셔 내 아픈 어깨에 대주었답니다. 그 덕분에 참기 힘들 정도로 고통스러웠던 어깨의 부상이 가라앉았지요. 그런 중에 우리 사이에는 즐거운 대화가 오갔고, 그를 통해 알게 된 그녀의 순결한 마음과 총명한 지성은 정말 감탄할 정도였어요. 그녀에게서 내가 애통하게 느낀 점이 하나 있다면, 그것은 그녀가 그 누구의 허물도 용서하질 않고, 또 모든 것을 너무 자기 위주로 생각한다는 점이었어요.

그녀는 이렇게 말했어요.

'왜 모두 나의 어머니나, 내 친구들인 타오라, 포티나, 실비

야처럼 살지 않는지 모르겠어요. 그들은 정말이지 수정처럼 순결한 삶을 살아요.'

보아하니 그녀는 그들을 너무도 우러러보면서 모든 점에서 그들을 좇아가려고 하더군요. 그녀는 어린 나이에도 불구하고 내가 나의 과거 생활을 청산하고 올바른 길을 걸어가도록 선도하려고 했지요. 그런데도 내가 그러겠다고 약속하기를 주저하니까, 그녀가 화를 내더군요.

그래서 난 그녀에게 내 생각을 솔직하게 이야기했습니다.

'아가씨는 정말이지 세상에는 귀한 그릇도 필요하지만, 천한 그릇도 필요하다는 사실을 이해 못하시는군요. 아가씨는 귀하게 살아가십시오. 하지만 저는 천하게 살아가도록 태어났답니다. 질그릇처럼 말이에요. 저는 저를 만든 토기장이에게 따질 생각이 없습니다. 제 삶은 광대로 정해졌으니까요. 저는 굴레를 쓴 황소처럼 저의 길을 갈 뿐입니다.'

마그나는 나의 단순 무지한 말이 잘 납득되지 않자 모든 것을 습관 탓으로 돌리며 이렇게 말했습니다.

'현자가 말하기를, 습관은 나그네처럼 와서 손님으로 눌러앉았다가, 자기가 주인이 된다고 했어요. 깨끗한 나무통에 한번 타르가 담기면, 그 통은 타르를 담는 것 외에는 전혀 쓸모없는 것이 되고 마는 법이지요.'

그녀가 날 더 이상 참아내질 못한다는 것을 쉽게 짐작할 수 있었어요. 난 그녀의 눈에서, 이제 타르 통은 어떻게 되든 상관

없다는 생각을 읽었어요. 그래서 입을 다물고, 구덩이를 빨리 빠져나갈 수 없는 내 처지를 한탄했습니다. 난 그녀의 지나친 자부심을 참기가 힘들었어요. 그리고 그녀도 나를 구덩이에서 이끌어내어, 내 집까지 데려다줄 방도를 찾기 시작했어요.

하지만 그건 쉽지가 않았어요. 왜냐하면 나 혼자서는 걸을 수가 없었고, 내가 나오도록 돕기에는 아가씨는 너무 연약했기 때문이죠. 그렇다고 집에 가서 자부심 강한 그녀의 부모에게 나같이 천한 직업을 가진 사람을 만났다는 이야기를 할 수도 없었고요.

그리고 일단 어떤 일에 연루가 되면 쉽게 손을 뗄 수가 없게 되듯이, 심성 고운 마그나도 그런 상황에 처해 있었던 거죠. 나같이 신경을 쓸 필요가 전혀 없는 무가치하고 천대받는 광대를 돕기 위해 그녀는 어쩔 수 없이 마기스트리안이라는 이름의 청년에게 나를 부탁해야 했지요.

마기스트리안은 유곽의 벽화를 아주 잘 그리는 젊은 화가랍니다. 한번은 그가 붓을 들고 기녀 아젤라의 집에 가고 있었지요. 아젤라 집 정원에 지어진 새 정자의 벽에 사티로스들과 님프들의 향연을 그려달라는 주문을 받아서요. 마침 마기스트리안이 내가 빠져 있던 도랑못 근처를 지나는데, 그를 알아본 나의 아크라가 구슬프게 짖어댔지요.

하지만 걸음을 멈추었던 마기스트리안은 도랑못 바닥에 혹여 누군가 죽어 있을지도 모른다는 생각에 그곳을 재빨리

지나가려고 했습니다. 만약 그 모든 것을 지켜보고 있던 마그나가 그를 멈춰 세우지 않았다면, 그는 분명히 그냥 지나가 버리고 말았을 거예요.

나에 대한 동정심에 가득 차 있던 마그나는 무성한 잎사귀를 제치고 이렇게 말했습니다.

'여보세요! 어려움에 처한 사람을 도와주지 않고 그냥 가지 마세요. 여기 도랑못 바닥에 굴러떨어져 부상당한 사람이 있습니다. 나에겐 그가 나오도록 도와줄 힘이 없지만, 당신은 힘센 남자 아닌가요? 당신은 저 사람을 도와줄 수 있을 거예요.'

곧바로 도랑못으로 내려온 마기스트리안은 나를 발견하자 시내로 달려가 짐꾼을 불러와 나를 집까지 옮겨주었죠.

일을 모두 마친 후 우리 둘만 남게 되자 그가 내게 묻기 시작했죠. 어떻게 이런 일이 벌어졌는지, 왜 도랑못에 떨어져 부상을 당했는지, 또 어떻게 이 주 정도의 기간 동안 먹을 것 없이 버텼는지 등등.

마기스트리안과는 오래전부터 알고 지낸 친구와 같은 사이인 나는 무엇 하나 덧붙이지 않고, 있었던 사실 그대로 이야기해주었지요.

마그나가 나를 먹여준 것과 그녀의 손으로 직접 수건을 물에 적셔 부상당한 내 어깨를 묶어준 데까지 이야기가 나오자마자, 젊은 마기스트리안은 얼굴이 환해지면서 취한 듯 탄성을 지르며 말했습니다.

'오, 팜팔론! 당신은 얼마나 행복했을까, 정말 당신이 부럽군요! 내 곁에서 이 고귀한 영혼을 지닌 마그나, 님프를 볼 수만 있다면, 내 팔과 다리가 으스러지더라도 기꺼이 내놓을 텐데.'

사랑이라는 이름의 강렬한 감정이 이 화가의 가슴을 뒤흔들어 놓은 것을 금방 눈치챈 나는 서둘러 그가 제정신으로 돌아오도록 이렇게 말했지요.

'이런 어리석은 사람 같으니라고. 프톨로메우스의 딸이 아름답다는 것은 두말하면 잔소리지. 하지만 사람에겐 건강이 최고의 덕목이지. 게다가 프톨로메우스의 엄한 성품과 마그나의 어머니 알비나의 오만함을 생각해볼 때, 자네 영혼이 이 아가씨의 아름다움에 불타오른다는 것은 자네에게 이로울 게 전혀 없네.'

이 말에 마기스트리안은 얼굴이 창백해지면서 이렇게 대답했지요.

'어찌 되긴 뭐가 어찌 되겠어요! 나는 뭐 상상도 못 하나요.'

그렇게 그는 그녀에 대한 상상의 나래를 계속 펼쳐갔습니다.

제 19 장

　완쾌된 후 처음으로 아젤라의 집에 갔을 때, 마기스트리안은 나에게 아젤라의 유곽 정자 벽에 그린 그림들을 보여주었지요. 정자의 넓은 건물은 '시간'에 따라 나뉘어 있었는데, 그 시간들은 인생의 나날들을 묘사하고 있었어요. 각각의 부분들은 그 시간에서 가장 기쁜 순간들을 그리고 있었지요. 정자 전체는 사투르누스*에 헌정되어 있었는데, 그의 모습은 사원의 돔 아래 빛나고 있었습니다. 둥그런 중앙부에 달린 양 날개는 각각 유피테르의 딸들인 호라이**와 테미스***를 칭송하고 있었어요. 그리고 이 부분들은 또 다음과 같이 나뉘어 있었습니다. 여명을 볼 수 있는 아우게의 방, 일출이 보이는 아나톨로의 방, 학문을 탐구할 수 있는 뮤즈의 방, 목욕을 하는 님프들의 방, 물을 끼얹는 스폰데이의 방, 마음껏 먹을 수 있는 키프리드의 방,

---
*　로마 신화에 나오는 농경의 신. 그리스 신화의 크로노스에 해당한다.
**　유피테르와 테미스의 딸들이며 계절의 여신들로 불린다. 보통 세 명의 젊은 여신들로 묘사된다.
***　정의의 여신

그리고 기도를 올리는 엘리테의 방까지 있더군요. 그리고 거기 어딘가 외떨어진 한 골방이 있었는데, 그곳은 조용히 잠을 자고 싶은 사람들을 위한 곳이더군요. 화가는 그 방에다가 경건해 보이는 어떤 꿈의 정경을 익숙한 솜씨로 그려 놓았는데…… 한 연회장의 풍경이었어요. 화려하게 잘 차려입은 여인들이 있었는데, 그들은 내가 이름을 댈 수 있을 정도로 잘 아는 이들이었지요. 전부 우리 기녀들이었으니까요. 꽃으로 장식한 그녀들은 잘 차려진 식탁 주위에 손님들과 함께 비스듬히 누워 있었는데, 거기 어떤 젊은이가 꽃바구니 속에 머리를 넣은 채 잠을 자고 있었지요. 그의 얼굴은 보이지 않았지만, 난 그의 상의를 보고, 그가 바로 화가 마기스트리안 자신이라는 것을 눈치챘지요. 그런데 그의 위쪽에는 사냥하는 풍경이 그려져 있었어요. 서커스의 사자들이 한 젊은 여자를 덮치고 있었죠……. 그런데도 그녀는 굳건히 서서 낮은 목소리로 기도를 올리고 있더군요. 그녀는 바로 마그나였습니다.

난 마기스트리안의 어깨를 툭 치며 말했지요.

'잘 그렸군! 그녀를 아주 비슷하게 그렸어. 하지만 자넨 왜 그녀가 짐승들을 무서워하지 않을 거라고 생각하지? 난 그들 집안을 잘 알고 있어. 프톨로메우스와 알비나는 고귀한 혈통과 자부심으로 유명하지. 하지만 그건 운명이 그들을 아껴주었기 때문이라고. 그 딸도 아직까지 고생이라고는 한 번도 해보지 않았잖아.'

'무슨 말을 하려는 거예요?'

'무슨 말이냐 하면, 우리의 아름다운 마그나 아가씨는 아직 인생의 그 어떤 고난도 모른다는 말이지. 그런데 자네가 어떻게 그녀를 그렇게 사나운 짐승들 앞에서도 두려워하지 않고 꼿꼿이 서 있는 모습으로 그렸는지 이해가 가지 않는군. 이것이 비유라면, 인생은 그 어떤 짐승보다도 훨씬 흉악해서, 누구든지 두려움을 느끼게 만들 거라고.'

'마그나 아가씨만은 절대 그럴 리가 없어요!'

'글쎄, 내 생각에는 제아무리 마그나 아가씨라고 해도 그럴 것 같은데!'

난 그가 마그나에게 너무 빠지지 않도록 하기 위해 일부러 그렇게 말했죠. 하지만 그는 내 말을 끊더니, 내게 이렇게 속삭이더군요.

'일전에 아가씨 침실의 병풍 그림을 그려달라고 부름을 받은 적이 있어요. 석탄으로 스케치를 하는 동안 난 아가씨와 이야기를 나눴지요. 아가씨가 당신에 대해 묻더군요……'

화가는 말을 멈췄어요.

'아가씨는 당신이 광대와 같은 직업을 가졌다고 애석해했어요. 그래서 내가 말했죠. 〈아가씨! 모든 사람이 자기가 원하는 삶을 살 수 있을 만큼 그렇게 행복하지는 않답니다. 운명은 때때로 너무나도 가혹해서, 죽어가는 사람에게 거머리와 독사가 들끓는 흙탕물을 마시라고 할 때도 있답니다.〉 그러자 아가

씨가 코웃음을 치더군요.'

'코웃음을 쳤다고?' 내가 말했죠. '그야말로 프톨로메우스와 도도한 알비나의 따님답군. 알겠나, 자네, 차라리, 차라리 말이야, 그녀가 아무 말도 하지 않았더라면 좋았을 텐데. 아니 그것보다도, 동정하는 마음으로 조용히 한숨이나 내쉬었더라면 더 좋았을 텐데 말이야.'

내 말에 마기스트리안이 말했어요.

'그러게 말이에요. 하지만 아가씨는 이러더군요. 〈치욕을 당하느니 차라리 죽어버리겠다.〉라고요. 난 아가씨가 정말 그럴 거라고 생각해요.'

그래서 내가 대답했죠.

'너무 속단하지 말게. 치욕을 당하느니 차라리 죽어버리겠다고? 두말하면 잔소리지. 하지만 만일 아이를 가진 어머니라면 그런 말을 할 수 있을까?'

'왜 안 되겠어요? 마카베오가의 어머니*를 한번 생각해보세요.'

'그렇지. 마카베오가의 형제들은 다 죽임을 당했지. 하지만 사람들이 그들의 어머니에게 자식들을 나와 같은 광대나, 또는 유곽에서 발 씻는 노예로 만들어버리겠다고 위협을 한다면⋯⋯ 그러면 어떻게 될까? 그리고 만약 그 어머니가 바로 마그나 자

---

* 구약 성경의 외경(『마카베오』 2서 7장)에 따르면, 일곱 아들을 둔 마카베오가의 어머니는 아들들에게 이교도의 박해에 맞서 과감히 순교하라고 가르쳤다.

신이라면? 과연 그녀가 자식들을 구하기 위해 어떤 것을 취할까? 치욕, 혹은 죽음 중에서 말이야. 그건 아무도 모르지.'

'무슨 그런 말을 하고 그래요!' 내 말을 피하면서 마기스트리안이 소리쳤죠. '영원히 그녀에게 아무런 불행도 생기지 않기를!'

그래서 내가 말했어요.

'오, 내 마음 역시 자네와 같이 마그나 아가씨에게 좋은 일만 생기기를 바랄 뿐이라네.'

이런 말이 오고 간 다음 날 저녁 무렵 마기스트리안은 몹시 슬픈 표정을 하고 내게 와서 이런 말을 전했습니다.

'팜팔론, 들으셨나요? 너무나 슬픈 소식이 있어요. 프톨로메우스와 알비나가 딸을 시집보낸대요!'

이 말에 내가 답했죠.

'그런데 그게 왜 슬픈 소식인가? 언제부터 두 사람의 결합이 희극이 아니라, 비극이 되어버렸나?'

'진실한 사람과 파렴치한 사람과의 결합은 언제나 비극이지요.'

화가의 말을 끊고 내가 말했습니다.

'마기스트리안! 그건 자네 마음속에 있는 불만스러운 감정이 하는 말이야. 그런 걸 보고 질투라고 하지. 그걸 극복해야 한다네.'

내 말에 화가가 대답했지요.

'오, 그런 건 벌써 옛날에 극복했어요. 마그나 아가씨가 내 신부가 될 수 없고, 내가 아가씨의 신랑이 될 수 없다는 것쯤은 나도 알고 있다고요. 하지만 아가씨의 신랑 될 사람이 바로 비잔티움 출신 루피누스라니, 정말 끔찍한 일 아닌가요?'

그 이름을 익히 알고 있던 나는 몸을 부르르 떨며 손에 잡고 있던 물건을 떨어트리고 말았답니다.

제 20 장

비잔티움 사람 루피누스는 유명한 가문 출신으로 매우 우아한 외모를 지녔으나, 그야말로 교활하기 짝이 없는 사람인 데다가 얼마나 능수능란한 위선자인지, 비잔티움 사회에서조차 그를 대단한 사람으로 여길 정도이지요. 내 생각에, 허풍쟁이 코린트인 오루스나 아젤라의 유곽에서 돈과 정력을 낭비한 다른 모든 사람들은 루피누스에 비하면 그야말로 양반이랍니다. 이자는 공무차 다마스쿠스에 와서 이곳 프톨로메우스에게 융숭한 대접을 받았어요. 루피누스는 위선자답게 하루 종일 그 집에서 잠을 자고는, 신학 책들을 읽었노라고 둘러댄 후, 저녁이면 집을 나와 교외로 나갔어요. 다마스쿠스 근방에 살고 있는 연로한 은자를 만나 유익한 이야기를 나눈다고 둘러대면서 말이에요. 그 은자는 낮엔 암벽에 나와 서 있다가, 밤이 되면 파헤쳐진 무덤가에 자리 잡고 울부짖는 소리를 내는 사람이지요. 루피누스는 기도를 한다며 그에게로 가서 석양 무렵 그의 그림자가 드리운 곳에 서 있었어요. 하지만 그곳에서부터 언제나 바람의 신 아이올로스에 의해 아젤라의 유곽으로 인도되었지요. 그리고 그곳에 갈 때면 그는 항상 변장을 하고 갔는데, 그 변장을 도와준 이가 바로 마기스트리안이죠. 그래서 우리는 그를 잘 알고 있었어요. 친구처럼 지내는 마기스트리안은 자기가 루피누스의 얼굴에 다른 모습을 그려준 사실을 하나도 숨기지 않고 나에게 다 말해주었지요. 그래서 우리는 함께 이 비잔티움의 두 얼굴을 가진 사나이에 대해 농담을 주고받곤 했지요. 이 사실은 기녀 아젤라도 알고 있었어요. 기녀들은 손님들이 돌아간 후 문을 잠그고 나면 우리와 함께 자주 이야기를 나누곤 했으니까요. 그들은 우리 같은 평민들에게 오히려, 상류층이나 유명 인사들에게서 찾아보기 힘든 올바른 정신과 마음이 있다는 걸 알고 우리를 아껴주었지요.

게다가 아젤라는, 지금 와서 하는 이야기지만, 내 화가 친구를 사랑하고 있었어요. 하지만 그 사랑은 희망이 없었지요. 마기스트리안은 오로지 마그나만을 생각하고 있었으니까요. 어떤 상황에서도 그녀의 순결한 모습이 그에게서 떠나질 않았지요. 섬세한 마음을 가진 아젤라는 이 모든 비밀을 알고 있었고, 그럴수록 마기스트리안을 더 부드럽고 자상하게 대해주었어요. 동틀 무렵까지 마기스트리안과 내가 아젤라의 집에 머물 때면, 손님들을 다 보내놓고, 아젤라는 종종 우리와 함께 이야기를 나누면서 손님들에 관한 자기 생각을 말해주곤 했는데, 특히 루피누스에 대해서는 경멸의 감정을 그대로 드러내곤 했지요. 그녀는 그자를 저질적인 위선자라고 했어요. 그자는 어떤 사람이라도 속일 수 있는 데다가 그야말로 비열하기 짝이 없는 짓을 일삼는다는 거예요. 아젤라는 사람들을 전부 간파하고 있었어요. 한번은 코린트인 오루스가 또다시 돈을 물 쓰듯이 썼을 때, 그녀가 우리에게 이런 말을 해주더군요.

'그자는 불쌍한 공작새일 뿐이에요……. 모두들 그를 뜯어먹지 못해 안달이죠. 특히 비잔티움 사람 루피누스란 자가 그와 함께 이곳에 나타나면, 루피누스의 망토를 한번 잘 털어봐야 할 지경이라니까요.'

이 말은 루피누스가 어쩌면 도둑질까지 할지도 모른다는 의미죠……. 어쨌든 아젤라의 눈은 틀린 적이 없었어요. 마기스트리안과 나는 그 점을 잘 알고 있었지요.

그러나 어쨌든 그 비잔티움 사람은 프톨로메우스와 알비나의 눈에 들었고, 착한 딸 마그나는 부모님의 뜻에 순종했습니다. 그것으로 그녀의 운명은 결정된 셈이었지요. 마그나를 아내로 맞은 루피누스는 프톨로메우스가 딸에게 준 엄청난 지참금을 가지고 그녀와 함께 비잔티움으로 떠났습니다.

제 21 장

프톨로메우스와 알비나는 곧 운명이 내린 형벌을 받게 되었습니다. 위선자 루피누스가 부자가 아니고 또 다마스쿠스에서 행세한 것처럼 유명한 사람도 아니라는 사실이 밝혀졌거든요. 그런데 더욱 충격적이었던 것은 그가 정직한 인물이 전혀 못 되었던 것은 물론이고, 엄청난 빚까지 지고 있어서, 그 많던 마그나의 지참금이 한 푼도 남김없이 채권자들에게 넘어갔다는 겁니다. 마그나는 곧 비참한 상황에 처했고, 남편에게 모진 학대를 받고 있다는 소문이 돌았지요. 루피누스는 그녀의 부모에게 계속 금은보화를 얻어내도록 그녀에게 강요했고, 그것을 거부하면, 그녀를 혹독하게 대했다는 겁니다. 그리고 마그나의 부모가 보내주는 것은 하나도 남김없이 흥청망청 써버리고, 빚을 줄일 생각이나, 그사이에 생긴 두 아이를 보살필 생각 따위는 전혀 하지 않았습니다. 게다가 많은 유명한 비잔티움 사람들처럼 그도 비잔티움에 또 다른 애인 한 명이 있었는데, 그 애인의 환심을 사려고 아내를 착취하고 못살게 굴었답니다.

자부심이 강한 프톨로메우스는 이로 인해 너무나 상심한 나머지 자주 드러눕더니 곧 죽고 말았지요. 아내에게는 겨우 먹고살 만큼의 유산만을 남긴 채 말이에요. 알비나는 그것마저 딸을 위해 쏟아부었지요. 그녀는 딸을 구할 생각으로 자신의 돈을 모두 주지사 발렌트의 측근들에게 선사했답니다. 그런데 탐욕스럽기 그지없던 호색한인 이 주지사라는 자도 아름다운 마그나를 소유할 기회만을 노리고 있었지요. 아마도 그자가 그래도 좋다는 루피누스의 동의를 얻었을 거라고들 하더군요. 사람들의 말에 의하면, 심지어 루피누스가 자기 아내에게 발렌트의 요구를 들어주라고 강요하기까지 했다는 거예요. 가족을 구하기 위해서는 그럴 수밖에 없다고 졸라대면서 말이에요. 왜냐하면 만약 그렇게 하지 않으면 발렌트가 루피누스와 전 가족을 채권자의 손에 넘기겠다고 위협을 했으니까요.

이것을 견디다 못한 알비나도 곧 유명을 달리하게 되었답니다. 그래서 마그나는 아이들과 함께 이루 말할 수 없이 고통스러운 상황에 혼자 남게 되었지요. 그래도 그녀는 발렌트의 추악한 요구에 응하지 않았습니다. 그러자 화가 난 발렌트는 그들 모두를 채권자들의 손에 넘기도록 지시를 내렸습니다.

채권자들은 루피누스를 감옥에 가두고, 불쌍한 마그나와 아이들을 노예로 삼아버렸지요. 게다가 그들의 형편을 더욱 고통스럽게 하려고 마그나와 아이들을 따로 떼어서, 어린 아이들은 거세파* 신도들이 사는 마을로 보내버리고, 마그나는 매일 금화 세 닢을 갚는 조건으로 한 포주에게 넘겨버렸답니다.

불쌍한 마그나는 만나는 사람마다 슬피 울며 구원을 요청하였지만 모두 허사였지요. 그런 그녀에게 사람들은 이런 말을 했습니다.

'모든 인간들 위에 법이 존재하지요. 그런데 그 법은 많이 가진 자들을 위해 존재한답니다. 그 가진 자들은 이 나라에서 가장 강한 자들이에요. 만약 지금 우리의 예전 주지사인 예르미가 그 자리에 계속 있었다면, 그의 정의롭고 어진 성품으로 보아, 당신이 이렇게까지 되지 않도록 조치를 취했을 텐데요. 하지만 그는 기인이 되어버렸지요. 자기 자신의 영혼만을 위해 세상을 등졌답니다. 무서운 노인네지요! 하늘이 그의 고행자적 자기애를 용서해주시기를.'"

이 말을 마친 팜팔론은 그의 옆에 앉아 있던 은자가 깜짝 놀라며 자기 손을 덥석 잡는 것을 느꼈다. 팜팔론이 그에게 물었다.

"왜 이러십니까요? 그들이 불쌍해서 이러시는 겁니까?"

"그렇네, 그들이 불쌍해서 그런다네. 정말로……. 그들도 나도 불쌍해서 그러네."

예르미가 말했다. "어서 이야기를 계속해보게."

팜팔론은 이야기를 계속했다.

---

* 고대 그리스도교 이단의 한 형태. 극단적인 고행을 위해 거세를 하는 사람들을 일컫는다.

제 22 장

　포주는 마그나를 비잔티움에 놔두질 않고, 다마스쿠스로 보냈어요. 수도에서 생길 수 있는 불미스러운 소란을 피하고 또 자기가 들인 돈을 확실히 챙기고 싶었던 겁니다. 이곳에서 그녀는 그야말로 가장 고귀하고 근접하기 힘든 여자로 알려졌던 만큼, 이제는 모두 그녀를 소유하기 위해 몰려들 게 틀림없다는 생각에서였지요.

　마그나는 그야말로 노예처럼 철저히 감시를 당하는 바람에 도저히 달아날 구멍이 없었습니다. 스스로 목숨을 끊을 수도 없었지요.

　자살에 관해서는 생각조차 할 수도 없었던 것이, 자식을 둔 어머니로서 노예로 팔려간 자기 아이들을 어떡해서든지 거세파 신도들로부터 구해내려고 했기 때문이었죠.

　이렇게 마그나는 갇힌 상태에서 감시를 당하며 다마스쿠스로 끌려왔습니다. 그리고 바로 그다음 날 —그날이 바로 내가 금화를 파묻은 곳 위에서 몸을 숨기고 있을 때였지요.— 금화

다섯 닢을 내는 자는 하루 동안 마그나를 소유할 수 있다는 공고가 났습니다. 누구든 돈만 내는 자는 그녀를 가질 수 있다는 거였지요.

제 23 장

 돈을 주고 마그나를 산 포주는 당연히 큰 이윤을 남기기 위해 지체하지 않고 다마스쿠스의 부자란 부자에겐 모두 전갈을 보내어, 자기가 얼마나 귀한 물건을 가지고 있는지 알렸지요.

 음탕한 사람들이 유곽으로 모여들었고, 마그나는 하루 종일 눈물로 애원하며 가까스로 스스로를 지켜냈습니다. 하지만 저녁이 되자 포주가 자신의 말을 듣지 않으면, 그녀의 아이들을 데려간 사람들에게 연락하여 아이들을 거세하라고 시키겠다고 위협하자, 결국 그녀는 그의 말에 복종하기로 약속했습니다……. 그 뒤 그녀는 완전히 기진맥진한 상태에서 깊은 잠에 빠져들었고, 꿈에 누군가 그녀에게 조용히 다가와 이렇게 말하는 것을 들었습니다.

 '기뻐하라, 마그나여! 너는 오늘 너의 평생에 경험하지 못한 것을 맛보았다. 너는 순결했지만, 너의 어머니처럼 자신의 순수함으로 인해 교만했다. 너는 타락한 여인들이 어떻게 그런 지경에 이르게 되었는지는 관심조차 기울이지 않은 채, 그들을 혹독하게 대하였다. 그것이 바로 네가 저지른 무서운 잘못이었다. 자, 이제 네 자신이 타락의 문턱에 서게 되어, 이것이 얼마나 고통스러운 것인지 알게 되었다. 이제 하느님이 싫어하는 너의 교만함이 무너졌으니, 하느님이 너의 순결을 지켜주시리라.'

바로 이 시간에 마그나가 갇혀 있던 집으로 몹시 부끄럼을 타는 한 손님이 문을 두드렸습니다. 자기 얼굴을 평범한 망토로 가린 그자는 조용히 포주를 불러 낮은 목소리로 속삭였죠.

'아, 내가 이러는 것이 너무도 부끄럽지만, 정욕으로 죽을 것만 같소. 어서 빨리 나를 마그나에게 데려다주시오. 금화 열 닢을 주겠소.'

포주는 기뻐하면서, 그 미지의 사람을 마그네에게 데려다주기 전에 이렇게 말했어요.

'꼭 드릴 말씀이 있습니다, 손님. 이 여자는 고귀한 가문 출신이지요. 그래서 그녀를 데려오는 데 아주 비싼 돈이 들었는데도, 전 아직 한 푼도 벌지 못했습니다. 제가 손님들을 데려다주기만 하면, 이 여자가 하도 울고불고 난리를 친 통에 말입니다. 만약 손님께서 그녀의 말을 듣고 마음이 약해져도 저는 상관이 없습니다. 어찌됐건 금화는 제 것입니다. 저도 없이 사는 처지라, 본전은 건져야 되니까요.'

'걱정하지 마시오.' 미지의 사람은 계속 얼굴을 가린 채 이렇게 대답했습니다. '여기 금화 열 닢 받으시오. 난 그런 사람과는 차원이 다른 사람이오. 여자의 눈물이 뭘 의미하는지 정도

는 알고 있으니까.'

금화 열 닢을 받아 든 포주가 웬 줄 하나를 잡아당기자 청동 잔이 넘어지면서 거기에 담겨 있던 청동 구슬이 굴러 나왔어요. 그 구슬은 아마포로 된 통로를 따라 천으로 둘러싸인 마그나의 밀실까지 굴러가 그녀의 침대 머리맡에 놓인 청동 접시에 청아한 소리를 내며 떨어졌어요. 그런 후에 포주는 손님을 마그나에게 인도했지요.

제 24 장

미지의 사람이 그곳에서 좀 떨어져 있는 방 안으로 들어가자, 유향과 박하 향 연기로 가득 찬 방의 꽃 장식으로 꾸며진 각등 아래에 마그나가 누워 있는 것이 보였습니다. 그녀는 접시에 구슬이 떨어지는 소리를 듣지 못했던 거지요. 바로 그 시간에 그녀는 꿈에서 오만한 기운이 그녀에게서 없어지고, 자신의 무력함을 고백함으로써 구원을 받은 환상을 보았으니까요.

포주는 접시에 떨어지는 구슬 소리를 듣지 못했다며 마그나에게 화를 내더니, 미지의 사람을 가리키면서 그녀에게 험한 목소리로 말했습니다.

'구슬 떨어지는 소리를 못 들은 척하지 말아라! 여기 이분 내일 아침까지 잘 모셔. 허튼짓 하지 말고 말씀 잘 들어야 돼. 한 번만 더 나에게 손해를 입히면, 무서운 병사들이 드나드는 곳으로 확 보내버릴 테니 말이야. 병사들한테 걸리면 인정사정 없는 거 알지.'

포주는 이렇게 으름장을 놓은 후에 구슬을 들고 나갔습니다. 그가 나가자 문을 잠근 손님은 몸을 돌려 마그나에게 조용히 말했습니다.

'무서워하지 마세요, 불쌍한 마그나 아가씨. 전 당신을 구하러 왔습니다.'

그는 이렇게 말하고는 둘렀던 망토를 벗었습니다.

마기스트리안을 알아본 마그나는 흐느껴 울기 시작했지요.

'눈물을 거두세요, 아름다운 마그나 아가씨. 지금 눈물 흘리며 슬퍼할 시간이 없습니다. 진정하고 자신을 가지세요. 하늘이 지금까지 아가씨를 지켜주셨다면, 아가씨가 탈출하는 건 시간문제예요. 다만 내가 아가씨를 구해서 아이들과 남편에게 돌려보낼 수 있도록 아가씨 스스로 마음을 굳게 먹어야 합니다.'

'그러고말고요! 오, 이렇게 고마울 수가. 그건 걱정하지 말아요!'

마그나가 흥분한 목소리로 말했지요.

'그러면 어서 제가 시키는 대로 하세요. 지금 내가 돌아설 테니, 빨리 제 옷으로 갈아입으세요.'

이렇게 마그나가 투니카와 망토 등 마기스트리안이 입고 온 남자 옷으로 전부 갈아입자, 마기스트리안이 그녀에게 말했습니다.

'서둘러 도망치세요! 아가씨의 얼굴을 내가 이곳으로 올 때처럼 그렇게 가려야 합니다. 용기를 내서 이 집에서 나가셔야 합니다! 망할 포주 녀석이 직접 아가씨를 그 저주스러운 문까

지 인도할 겁니다.'

 마그나는 그렇게 해서 운이 좋게 집을 빠져나오긴 했지만, 나오자마자 머리가 뱅뱅 돌기 시작했지요. 어디로 도망갈 것이며, 숨긴 또 어디에 숨을 것인가? 그리고 내일 속인 것이 발각되면 그 불쌍한 청년은 어떻게 될 것인가? 법을 어긴 죄로 붙잡혀 고문을 당하지는 않을까? 마기스트리안에게는 마그나가 빚지고 팔려간 그만큼의 돈이 있을 턱이 없었고, 그러면 사람들은 그를 영원히 감옥에 가두고 고문할 판이었습니다. 반면, 어찌됐건 간에 마그나는 자기 아이들에게 갈 수가 없었어요. 아이들을 노예 상태에서 구해낼 돈이 없었거든요.

 이때 이 여인의 머리에 찾아든 생각이 있었습니다. 그것이 바로 내 인생을 바꾸어 올바른 삶을 살 수 있는 가능성을 송두리째 제거해버린 그 생각이었지요.

제 25 장

마그나에게서 그녀의 비참한 상황을 알게 되고, 그녀를 대신해 마기스트리안이 위험에 처해 있다는 사실을 들은 나는 눈앞이 캄캄해졌습니다. 마기스트리안이 마그나를 위해 가지고 왔다는 금화 열 닢으로는 마그나를 그 치욕스러운 생활에서 구해낼 수가 없었습니다. 그 돈은 그녀의 몸값이나, 또 비잔티움의 거세파 신도들에게서 아이들을 살 돈을 충당하기엔 턱없이 부족했지요. 더군다나 나는 금화 열 닢이 그에게 있을 리가 없다는 사실도 잘 알고 있었습니다. 도대체 마기스트리안은 어디서 그 금화를 얻었을까? 그가 일을 하는 아젤라의 유곽, 그곳에는 늘 그를 미칠 듯이 사랑하는 그녀의 패물함이 있는데……. 공포가 나를 엄습하면서…… 이런 생각이 들더군요. 그가 가련한 마그나를 향한 사랑에 이성을 잃고, 패물함에 손을 댄 것이 아닐까. 그렇다면 이제 마기스트리안이라는 이름에 남게 될 불명예는, 그가 도둑이라는 것!

가련한 마그나의 신음 소리가 귓전에서 아직 사라지기도

전에 그녀는 처음 나의 집에 뛰어들어 내게 했던 말로 되돌아갔습니다. 그녀는 슬피 울며 이렇게 사정했답니다.

'팜팔론! 당신이 부자가 되었다는 말을 들었어요. 어떤 오만한 코린트 사람이 당신에게 엄청난 돈을 주었다는 말을 하더군요. 난 당신에게 나를 팔려고 왔답니다. 나를 가지고 마음대로 하세요. 그리고 부디 내게 돈을 주어, 내 아이들을 노예에서 해방시키고, 또 나 때문에 죽게 된 마기스트리안을 구할 수 있게 해주세요.'

고행자 양반! 당신은 황무지에서 살아서 아마도 그 말을 들으며 내가 느낀 그 고통을 이해하지 못할 겁니다. 과거에 내가 알았던 그 순결하고, 자신의 순수함에 그토록 자부심을 느끼던 여인의 입에서 나온 그 절망의 말을 말입니다. 당신은 이미 그런 모든 격정들을 극복하신 분이라 그런 말들을 들어도 끄떡도 하지 않을 겁니다. 하지만 나처럼 늘 마음이 약한 사람은 다른 사람이 그렇게 무서운 고난을 당하는 것을 보게 되면, 그만 모든 것을 포기하고 말지요……. 그래서 경솔하게도 난 또다시 내 영혼의 구원을 잊고 말았답니다.

나는 흐느끼면서 이렇게 말했습니다.

'자비로우신 하느님을 위해서라도 제발 이제 그만 말씀하십시오, 불행한 마그나 아가씨! 내 심장이 더 이상 그 말을 견딜 수가 없네요. 난 평범한 사람입니다. 난 광대에 불과하지요. 난 평생을 기녀와 방탕한 사람들, 그리고 인생을 허비하는 사람들 사이에서 살아왔습니다. 난 타르 통에 지나지 않아요. 하지만 절망의 나락에 빠진 아가씨가 제공하는 그런 것을 살 만한 사람은 아닙니다.'

하지만 감당치 못할 큰 괴로움에 빠져 있던 마그나는 내 말을 전혀 이해하지 못하고, 공포에 휩싸여 이렇게 소리쳤습니다.

'내 청을 거절하는군요! 오, 이렇게 끔찍할 수가! 이제 어디서 돈을 구해 아이들을 거세의 위험에서 구한단 말입니까?'

그녀는 이렇게 울부짖으면서 손으로 머리를 감싼 채 바닥으로 쓰러지더군요.

나의 놀라움은 더더욱 커졌지요……. 고통이 그녀를 어찌나 깊이 가라앉게 하였는지, 자신의 몸을 누군가에게 팔 수 있다면 그것이 곧 행운이라며 고대하고 있는 그녀의 모습에 몸서리가 쳐졌습니다.

제 26 장

 나는 서둘러 그녀를 진정시켰습니다.
 '아니에요.' 난 큰소리로 외쳤지요. '절대로 아가씨의 청을 거절한 게 아닙니다요. 아가씨와 난 친구와 같은 사이잖아요. 기꺼이 아가씨의 고통을 덜어드리고 싶은 마음이 있습니다. 다만 아가씨가 이곳으로 온 이유에 대해서만은 더 이상 말하지 말아주세요. 그리고 어서 빨리 기녀처럼 땋아 올린 그 머리나 좀 푸십시오. 또 아가씨 어깨에서 풍기는 그 향수 냄새일랑 물로 깨끗이 씻어버리고요. 그것을 아가씨에게 바른 사람들은 아가씨에게서 수치스러운 짓만 원할 뿐이에요. 그리고 아가씨 남편이 진 빚이 얼마인지 말씀해주세요.'
 그녀는 한숨을 내쉬고 조용히 말했습니다.
 '금화 만 닢이랍니다.'
 사람들이 그녀를 속였다는 걸 알 수 있었어요. 씀씀이가 큰 오루스가 내게 던진 돈이라고 해봤자 그녀가 갚아야 할 빚과 또 아이들을 구할 돈에 비하면 새 발의 피에 불과했으니까요.

마그나는 아무 말 없이 일어나 바닥에 떨어져 있던 마기스트리안의 망토를 주워 들고는 다시 머리에 쓰려고 하더군요.

나는 그녀가 좋지 않은 행동을 하기 위해 나를 떠나려 한다는 것을 눈치채고 큰 소리로 말했습니다.

'가시려고요, 마그나 아가씨?'

'그래요, 내가 나온 곳으로 다시 돌아가야겠어요.'

'마기스트리안을 풀어주시려고요!'

그녀는 아무 말 없이 그냥 고개만 끄덕여 보이며 그렇다는 표시를 했습니다.

난 그녀를 완강히 막았지요.

'그러지 마세요. 그건 쓸데없는 짓이에요. 마기스트리안은 마음이 워낙 착한 청년이라서 아가씨를 위해 그렇게 헌신한 겁니다. 그는 절대로 거기서 나오려고 하지 않을 거예요. 아가씨가 그곳으로 돌아가면 일만 훨씬 더 복잡해질 뿐이에요. 내가 가진 것은 전부 합쳐봐야 금화 이백삼십 닢밖에 되질 않습니다……. 이게 내가 코린트인 오루스에게 받은 전부입니다. 나에게 돈이 더 있을 거라는 생각은 누군가 꾸며낸 말이거나, 아니면 허풍선이 오루스 자신이 허풍을 떤 것일 뿐이에요. 하지만 여기 있는 금화 이백삼십 닢은 전부 아가씨가 가져도 됩니다. 아무 말씀도 하지 마세요, 마그나 아가씨, 제발 부탁이니 여기에 대해선 아무 말씀도 하지 마세요! 이 금화는 아가씨 것입니다. 하지만 아가씨 남편 분의 빚을 갚으려면 아직 더 많은 돈이 필요한데, 어디서 더 구할 수 있을지는 모르겠네요. 그래도 아직 밤이 깊지 않으니까…… 마기스트리안은 아침까지는 안전할 거예요. 포주는 분명히 아가씨와 마기스트리안이 지금쯤 함께 뒹굴고 있을 거라고 생각할 테니까요. 아가씨, 아무 걱정 마시고 여기 계세요. 나의 아크라가 나 없이는 아무도 아가씨에게 다가오지 못하게 할 겁니다. 내 지금 아가씨의 불행한 사정을 아가씨의 유명한 친구 분들인 타오라, 포티나와 실비야 아가씨께 알리도록 하지요. 그분들의 신앙심은 온 다마스쿠스에 유명하니까요. 그분들의 하인들은 모두 나를 아니까 나를 바로 아가씨들에게 인도해줄 겁니다. 그분들은 모두 부자고, 순결하신 분들인 데다가 재물을 아끼시지 않으니까 아가씨 아이들을 사서 풀어주실 겁니다.'

그러자 마그나가 예민한 모습을 보이며 나를 막았습니다.

'괜한 짓 하지 말아요, 팜팔론. 타오라도, 포티나도, 또 순결한 실비야도, 그들은 아무도 당신의 청을 들어주지 않을 거예요.'

난 나의 뜻을 굽히지 않았죠.

'아가씨가 잘못 생각하시는 겁니다. 타오라, 실비야, 포티나, 신앙심이 깊은 그분들은 모든 추악한 행위를 배척하시죠. 그분들 말에 따라 벌써 많은 기녀들이 다마스쿠스에서 쫓겨났다고요.'

'그건 중요하지 않아요.'

마그나는 이렇게 대답하며 그간 있었던 일들을 털어놓았습니다. 그녀는 자신의 가족이 지금처럼 심한 불행에 처하기 전에 이미 내가 언급한 그 고상한 분들에게 부탁을 해봤답니다. 그러나 아무도 그녀의 청을 들어주는 사람이 없었다더군요.

그리고 이렇게 덧붙였습니다.

'더군다나 내가 지금처럼 이렇게 부끄러운 처지에 처해 있는 상황에서 그들에게 어떤 부탁을 하는 것 자체가 그들을 모욕하는 것으로 받아들여질 거예요. 그들에게서 타락한 사람에 대한 도움의 손길을 바랄 수 없다는 것을 내가 잘 아는 이유는, 나 자신 역시 과거에 그들과 똑같았기 때문이에요.'

'뭐, 어찌됐건 상관없습니다. 여기 내 집에서 하늘의 자비로운 손길을 기다려보세요.'

이렇게 말한 후 나는 등불을 끄고, 마그나를 아크라의 보호 아래 혼자 남겨둔 채 집 문을 잠갔습니다. 그러고는 온 힘을 다해 다마스쿠스의 어두운 밤을 가로질러 달려갔지요.

제 27 장

 나는 마그나의 말을 듣지 않았지요. 그리고 하인의 도움으로 타오라와 실비야, 그리고 포티나의 집에 들어가긴 했습니다……. 하지만 내가 그들에게서 들은 말들은…… 기억하기조차 부끄러운 것들이었죠. 마그나가 그들에 관해 했던 말은 모두 사실이었습니다. 내 청은 이 여인들에게 불같은 화만 불러일으켰지요. 나는 감히 그런 부탁을 하러 그들 집에 들어왔다는 이유로 내쫓김을 당했습니다……. 그들 중 두 명, 그러니까 타오라와 포티나는, 내가 흠씬 얻어맞아야 마땅하지만, 그냥 보내준다는 말로 겁을 주면서 나를 당장 내쫓으라고 명령했습니다. 그런데 성(聖)처녀라는 별명을 가진 실비야, 그 여자는 자기가 보는 앞에서 나를 때리라고 명령을 했지요. 그리하여 나는 그녀의 하인들에게 어찌나 인정사정없이 구리 채찍으로 두들겨 맞았던지, 피투성이가 되고, 거의 질식할 것 같은 상태로 그 집에서 쫓겨났답니다. 갈증으로 고통스러워하며 나는 아젤라의 기녀 집 부엌을 향해 달려갔지요. 물과 술 한 잔을 얻어 마시고 계속 길을 갈 작정이었죠. 하지만 어디로 가야 할지는 나 자신도 몰랐습니다.

마침 그녀의 집에 다다랐을 때, 나는 회랑 아래서 나와 친한 기녀인 금발의 고수머리 아다를 만났습니다. 그녀는 마침 시원한 음료수가 담긴 단지를 들고 오던 길이었습니다. 내가 말했지요.

'어여쁜 아다, 내 목 좀 축이게 마실 것 좀 주게. 목이 말라 죽을 것 같네.'

그녀는 미소를 지으면서 농을 했지요.

'지금 죽을 리야 있겠어요. 팜팔론 나으리, 이젠 더 이상 가난뱅이도 아니고, 곧 시원한 물을 갖다 바칠 하인들도 두실 몸인데요.'

그래서 내가 대답했지요.

'아니야, 아다, 난 이미 부자가 아니라고. 예전처럼 다시 가난뱅이가 되었지. 게다가…… 이 말을 하지 않을 수가 없구먼. 난 지금 심하게 부상을 당한 상태야.'

그녀가 단지를 기울여주자마자, 난 정신없이 달려들어 마셔댔지요. 그때 내가 물을 마시는 동안 내 쪽으로 몸을 약간 기울인 채로 서 있던 아다는 내 어깨에서 흐르는 피를 보았습니다. 순결한 실비야의 눈앞에서 사람들이 구리 채찍으로 입힌 상처에서 흘러나온 피가 얇은 투니카를 뚫고 나와 번지고 있었던 거죠. 아다는 깜짝 놀라며 소리쳤습니다.

'오, 불쌍한 사람 같으니! 정말 피가 흐르고 있잖아요! 틀림없이 밤에 강도를 만났나 보군요! 오, 불쌍한 사람 같으니라고! 놈들 손에서 빠져나와 우리 집으로 도망 오게 되어 정말 다행이군요. 내가 올 때까지 여기서 잠깐만 기다려요. 손님들에게 냉큼 이 음료수만 가져다주고, 곧장 돌아와서 상처를 씻어줄게요.'

'알았네. 기다리지.'

내가 말하자, 그녀가 덧붙여 말했지요.

'혹시 아젤라 님에게 살짝 이 일을 알려주면 어떨까요? 지금 그녀는 친구들과 함께 다마스쿠스 시 통치자를 접대하고 계시거든요. 그분이 당신을 괴롭힌 사람들을 잡으라고 사람을 보낼 수 있지 않을까요?'

내가 대답했죠.

'아니야, 그럴 필요 없어. 그냥 물하고 아무거나 깨끗한 투니카 한 벌만 갖다줘요.'

나는 깨끗한 옷으로 갈아입고 예전에 사제였던 암문에게 갈 생각을 했습니다. 온갖 여러 가지 일들에 관계하는 그자에게 내 자신을 평생 노예로 파는 조건으로 돈을 한꺼번에 받아 그 돈으로 마그나의 아이들을 거세파 신도들에게서 사서 풀어줄 생각이었지요.

아다는 곧 내게 필요한 것들을 모두 가지고 돌아왔습니다.

그리고 또 나에 관해서 자기 여주인에게도 보고를 했더군요. 그래서 아다가 시원한 해면으로 내 상처를 닦아주고 아마포 투니카로 내 어깨를 덮어줄 무렵, 내가 나무에 기댄 채 비스듬히 누워 있던 회랑에 화려한 장식을 한 아젤라가 나타났습니다.

제 28 장

아젤라는 온몸을 금과 진주로 치장하고 있었는데, 특히 그 중의 진주 하나는 엄청나게 비싼 것이었지요. 그 귀한 진주는 그녀가 한 이집트 출신의 거부에게서 선물로 받은 것이었습니다.

걱정하는 얼굴로 내게 온 아젤라는 내게 무슨 일이 있었는지 전부 말하게 했지요. 난 그녀에게 그간의 일을 간추려서 이야기해주었는데, 이야기가 마그나의 비참한 상황에까지 이르자, 아젤라의 눈빛이 심각하게 변하는 것을 느꼈습니다. 그리고 눈을 돌려 먼 곳을 바라보는 아다의 얼굴에도 눈물이 흐르고 있었습니다.

그때 나는 지금이야말로 마기스트리안의 비밀을 밝힐 때라는 생각이 들었습니다. 그래서 갑작스럽게 이렇게 물어보았죠.

'아젤라, 당신이 가지고 있는 귀금속들이 이게 전부인가요?'

'아니요, 이게 전부는 아닌데요.' 아젤라가 대답했습니다. '하지만 왜 갑자기 그런 걸 묻죠?'

'내게 아주 중요한 일이니, 제발 이것 한 가지만 말해줘요.

그것들이 전부 있던 곳에 잘 있나요?'

'패물함에 보관하는데, 전부 다 그대로 있어요.'

'오, 정말 다행입니다!' 나는 아픔도 잊고 큰 소리로 외쳤지요. '전부 그대로 있다니 말이에요! 하지만 그렇다면 마기스트리안은 도대체 어디서 금화 열 닢을 구한 걸까?'

'마기스트리안이라고요?!'

'그래요.'

그래서 내가 마기스트리안이 한 일을 이야기해주자, 아젤라가 작은 목소리로 이렇게 말했어요.

'그렇게까지 사랑하다니! 그가 암문의 집에서 나오는 걸 아다가 보았다는군요……. 이제 전부 알겠어요. 마그나를 구하기 위해, 그는 암문에게 자기를 노예로 판 거예요!'

이 말을 마치고, 아젤라는 조용히 흐느껴 울기 시작했습니다. 그러더니 손에서 금팔찌들과 목걸이, 그리고 이집트인에게서 받은 그 거대한 진주를 빼내고는 이렇게 말했습니다.

'이걸 전부 가지고 가세요. 이걸 가지고 달려가서 어서 빨리 가련한 마그나의 아이들을 거세파 신도에게서 구해내세요. 그자가 아이들에게 손을 대기 전에 말이에요!'

나는 그렇게 했지요. 나는 코린트인 오루스가 내게 준 돈 전부에다 아젤라에게서 얻은 것을 합쳐서 마그나에게 주었습니다. 그녀가 남편과 두 아들을 노예 신분에서 구해내도록 말이에요. 모든 것은 다 잘 끝났습니다. 하지만 그로 인해 내 생활을 청산할 기회와 복된 영생에 대한 나의 희망 역시 영원히 사라져버렸지요. 그래서 난 지금도 이렇게 광대로 남아 있는 거랍니다. 뜀을 뛰고, 뛰놀면서, 악기를 두들기고, 휘파람을 불며, 다리를 비틀어대면서 머리를 뒤흔드는 어릿광대로, 또 농담꾼으로 말이에요. 한마디로 말해서, 난 나무통, 그것도 타르 통이며, 아무 쓸모없는 데다가 구제 불능인 무용지물에 불과하지요.

고행자 양반, 이것이 당신에게 할 수 있는 내 이야기의 전부입니다. 이것이 내가 개과천선할 기회를 어떻게 놓쳐버렸는지, 또 하느님께 맹세한 언약을 어떻게 깨어버렸는지에 관한 이야기랍니다."

제 29 장

예르미는 일어나 손을 펼쳐 자기 염소 털 옷을 잡으면서 광대에게 말했다.

"자네는 내 마음에 안정을 주었네."

"농담하지 마십시오!"

"자네는 내게 기쁨을 주었네."

"무엇 때문에 기쁘다는 거지요?"

"영원한 천국은 황량해지지 않을 것이기 때문이지."

"당연하지요!"

"왜 그런지 아는가?"

"그걸 내가 어찌 알겠습니까요."

"자비심을 가진 많은 사람들이 영원한 천국으로 건너가기 때문이라네. 그들은 세상이 멸시하는 사람들, 또 자기애에 빠진 나와 같은 오만한 고행자가 잊고 있던 사람들일세. 집으로 돌아가시게, 팜팔론. 가서 지금껏 해오던 일을 계속하게나. 나는 내 갈 길을 가겠네."

그들은 서로 인사를 나누고 각기 제 갈 길을 갔다. 황무지에 도착한 예르미는 자기가 서 있던 바위틈에 까마귀가 둥지를 틀고 있는 것을 보고 놀랐다. 마을 주민들의 말에 의하면, 그들은 새들을 쫓아내고 싶었지만, 새들이 암벽을 떠나지 않는다는 것이었다.

예르미는 그들에게 이렇게 대답했다.

"이게 정상입니다. 새들이 둥지를 틀고 사는 것을 방해하지 마십시오. 새들은 암벽에 살고, 사람은 사람을 섬기며 살아야 마땅합니다. 여러분들에게는 돌볼 일들이 많지요. 제가 여러분을 돕고 싶습니다. 약한 몸이지만, 힘닿는 데까지 해보겠습니다. 여러분의 염소를 저에게 맡겨주십시오. 제가 염소들을 몰고 나가 풀을 먹이겠습니다. 제가 염소 떼를 몰고 돌아오면, 저에게 먹을 것을 주십시오."

주민들이 동의하자, 예르미는 염소 떼를 치기 시작했고, 또 한가할 때면 마을 아이들을 가르쳤다. 온 마을이 잠들어 고요해지면, 예르미는 마을 밖으로 나가 언덕 위에 앉아 팜팔론이 살고 있는 다마스쿠스 쪽을 바라보았다. 노인은 이제 선한 팜팔론에 대해 생각하는 것이 낙이 되었고, 다마스쿠스를 생각할 때마다 광대 팜팔론이 그의 개 아크라와 함께 거리를 뛰어다니는 모습이 눈에 선하였다. 광대의 이마에는 구리관이 씌어 있었는데, 이 관에 기묘한 현상이 일어나곤 했다. 날이 지날수록 이 관의 광채가 더해지더니, 마침내 어느 날 밤 예르미가 쳐다

보지도 못할 정도로 밝게 빛나는 것이었다. 노인이 놀라서 두 눈을 손으로 가리기까지 했지만, 그 광채는 온 사방으로 퍼져 나갔다. 감겨진 눈꺼풀을 통해 예르미가 본 광대의 모습은 빛이 날 뿐만 아니라, 점점 더 높이 올라가고 있었다. 광대는 지상에서 공중으로 떠오르더니 타는 듯한 진홍빛 아침노을 속으로 날아가고 있었다.

어디로 가고 있는 것일까! 저러다가 저기서 불에 타 재가 되지는 않을까. 예르미는 팜팔론을 붙잡을 생각으로, 혹은 적어도 그와 떨어지지 않을 생각으로 그를 따라 뛰어올랐다. 하지만 타오르는 노을빛 속에서 그들 사이에 갑자기 웬 담이 생기는 게 아닌가……. 그것은 꼭 무슨 울타리나 격자창과 같았는데, 거기에 달린 막대기들의 모양이 각각 다른 모습을 하고 있었다. 예르미가 보기에 그것은 무슨 표시 같았다. 온 하늘 상공이 석탄과 재로 쓴 듯한 커다란 히브리어로 가득 차 있었다.

자기애(自己愛).

'여기가 나의 한계다!'

이렇게 생각한 예르미는 멈춰 섰다. 그때 팜팔론이 광대 망토를 들어 휘두르자, 그 순간 광활한 온 하늘 공간을 가득 채웠던 그 문자가 사라졌다. 이와 동시에 예르미는 자신의 몸이 형용할 수 없는 빛에 둘러싸여 공중으로 날아오르는 것을 느꼈다.

그는 팜팔론과 손과 손을 마주 잡고, 이야기를 나누었다.

"그대가 어떻게 내 인생의 죄를 지워버릴 수 있었소?"

날아가면서 예르미가 팜팔론에게 물었다.

그러자 팜팔론이 그에게 대답했다.

"나도 그걸 내가 어떻게 했는지는 잘 모르겠습니다. 난 그저 어려움에 빠져 있는 당신을 보고, 내가 할 수 있는 대로 당신을 도우려고 했을 뿐이랍니다. 지상에 있을 때 난 언제나 그렇게 행동했지요. 그로 인해 난 이제 다른 거처로 갑니다."

그들이 계속하여 무슨 이야기를 나누었는지 이 전설의 기록자는 더 이상 들을 수가 없었다. 서늘한 구름이 짙은 그림자를 드리우며 지상에 남아 있던 그들의 마지막 자취를 가렸고, 자유로운 그들의 영혼은 분홍빛 노을과 함께 사라져갔다.

하느님의 마음에 든
나무꾼 이야기

먼 옛날, 키프로스 근방에 아주 혹독하고 긴 가뭄이 든 적이 있었다. 과일들과 들의 식물들이 모두 말라 죽었고, 사람들은 가뭄이 불러올 기아로 인해 어쩔 수 없이 겪게 될 고통을 예감하면서 극도의 침통함에 사로잡혀 있었다. 모두들 기도하면서 비가 오기만을 간구하였으나 비는 오지 않았다.

당시 그 지역 성직자의 수장인 주교는 사람들의 기대대로 매우 선하고 자비로우며 마음이 깨끗한 사람이었다. 그는 백성들의 슬픔을 마음에 품고, 그 자신의 염원도 담아 하느님이 이 땅에 비를 보내주시기를 간절히 기도했다. 그러나 그의 기도에도 불구하고 비는 오지 않았다.

이글거리는 하늘엔 구름 한 점 없었고 태양은 이 불행한 땅에서 아직 타들어 가지 않은 모든 것들에 사정없이 내리쬐고 있었다.

백성들은 거의 절망에 가까울 정도의 공포에 빠졌다. 어디서 구원의 손길을 찾아야 하나? 주교의 기도도 도움이 되지 않는 마당에 무엇에 더 희망을 걸 수 있을 것인가? 누가 주교보다도 더 나은 기도를 드릴 수 있을 것인가? 어떤 사람의 기도가 하늘에 상달될 수 있을 것인가? 주교가 누구인가? 그는 모든 성직자들 가운데 첫째가는 인물이 아닌가? 사람들의 기도를 들어달라고 하느님께 간구할 수 있는 자가 주교 외에는 정녕 아무도 없단 말인가?

그때 주교에게 '하늘로부터의 음성'이 들려왔다.

"아침 미사 후에 성문으로 가서, 성문을 지나 도시로 들어오는 첫 번째 사람을 멈춰 세우고, 그가 기도하게 하라. 그러면 비가 올 것이다."

주교는 '하늘로부터' 들은 것을 사람들에게 이야기했다. 그러자 사람들이 모두 내일 아침 일찍 교회에 모였다가, 성문으로 가서 누가 성문으로 다가오는지를 보고, 하늘에서 내려온 음성이 명한 대로 전부 수행하기로 결의하였다.

주교는 다음 날 아침 일찍 미사를 드린 후, 모든 성직자들과 함께 성문으로 갔다.

지치고 갈급한 대지에 은혜로운 기적이 임하기를 기다려온 사람들 모두는 당연히 그들과 함께였다. 이렇게 모든 사람들이 큰 무리를 지어 성문 앞쪽으로 가 거기서 진을 치고, 가장 훌륭한 기도를 드리는 사람이라고 하느님이 직접 알려주신, 그 선택받은 자를 기다렸다.

사람들은 접는 의자를 길 가운데에 펼쳐 거기에 주교를 앉히고, 성직자들과 전 신도들은 그의 주위에 서서 하느님이 보내시고자 한 사람이 나타나기를 고대하며 먼 곳을 바라보기 시작했다. 모두 조급한 마음으로 그가 속히 와서 자기들을 위해 비를 내려주시기를 빌고, 그의 기도가 하늘에 상달되기를 소망하고 있었다.

얼마나 지났을까. 고통스러운 기다림 끝에 저만치 멀리 다 타들어 간 들녘에서 무엇인가 움직이는 것이 보였다.

처음에는 알아볼 수 없었다. 누군가 걸어오는 것도 같고, 당나귀를 타고 오는 것도 같았다……. 거리가 멀리 떨어져 있었고, 폭염으로 눈에 보이는 모든 것은 죄다 아롱거렸기 때문이었다. 그러나 그 형체가 가까이 다가오면서 모든 것이 확실해졌다. 이젠 이 사람이 아주 평범한 행인인 데다가 늙고 쇠약한 평민이며, 엄청나게 무거운 나뭇짐을 잔뜩 지고 겨우 걸어오고 있는 꼬부랑 노인이라는 것을 알 수 있었다.

정말 여기 이 사람이 모든 성직자들과 주교 자신보다도 더 나은 기도를 하느님께 드릴 사람이란 말인가?

주교와 사람들은 모두 서로를 바라보면서 어리둥절해하며 어깨를 움츠렸다. 장작 다발을 지고 겨우 움직이는 농부가 공동체의 고난을 위해 하느님께 가장 훌륭한 기도를 올릴 사람이라니 놀랍지 않은가? 그러나 이 노인 외에 다른 사람은 아무도 나타나지 않았기 때문에 선택의 여지가 없었다. 하여 주교는 나무꾼을 멈추어 세우고, 성직자들과 자신이 아무리 애를 써도

응답받지 못했던 기도를 하느님께 올리도록 부탁하기로 결심했다.

한편 무더위와 피곤에 지쳐 끙끙거리며 비틀비틀 성문으로 다가오던 노인 역시 놀라기는 매한가지였다. 어쩐 일로, 무엇을 하려고 저렇게 많은 사람들이 성문에 모여 있을까? 게다가 그들과 함께 맨 앞에 키프로스 주교가 앉아 있는 것이 아닌가?!

무거운 짐을 지고 어쩔 줄 몰라 하는 이 노인에게 주교와 그 많은 사람들이 꼬부랑 거지인 자기를 만나러 왔고, 또 자기에게 온 지역을 위해 기도를 부탁하려고 나왔다는 것은 물론 꿈에도 생각지 못한 일이었다.

거리가 점점 더 가까워지자, 노인은 사람들이 전부 자기를 보고 있고, 주교가 몸소 자리에서 일어나 평범하고 가난한 일꾼에 지나지 않는 자신에게 깊숙이 몸을 숙여 절하고 있다는 것을 알 수 있었다.

노인은 깜짝 놀라 등에 졌던 나뭇짐을 서둘러 땅바닥에 내려놓고 말했다.

"저를 용서해주시옵소서, 아버지여!"*

이렇게 말하며 그는 주교에게 축복을 구했다.

하지만 주교는 그에게 다시 절을 하고는 말했다.

"아버지여!,** 주님의 뜻대로 우리를 위해 주님이 우리에게

---

* 정교회와 가톨릭교회에서 일반 신도는 사제에게 '아버지'라는 호칭을 사용한다.
** 여기서 레스코프는 주교가 일반 신도에게 '아버지'라는 호칭을 사용했음을 강조

자비를 베푸셔서 오늘 이 땅에 비가 오도록 기도해주시오."

노인은 그 말을 듣고 깜짝 놀랐다. 자기같이 무식한 평민에게 주교가 기도를 부탁하다니, 도대체 이것이 있을 수 있는 일이란 말인가? 그가 말했다.

"저같이 미천한 사람이 어떻게 당신 앞에서 입을 열어 기도를 할 수 있겠습니까, 주교님. 모든 사람의 고통을 위해 기도하는 것은 당신 같은 분에게나 합당한 일입니다. 당신께서 하십시오. 저는 못합니다."

그러자 사람들은 주교가 이미 기도를 했으나 하느님이 그의 기도를 들어주시지 않아 이 땅에 비를 내려주시지 않았다고 노인에게 설명하며 말했다.

"자, 이제 주교를 통해 당신에게 그 임무가 주어졌으니 사양하지 말고 기도해주시오."

노인은 그래도 아직 결심할 수가 없었다. 그러자 나무꾼이 더 이상 주저하지 못하도록 사람들은 그를 '억지로' 마른 나뭇가지 위에 무릎을 꿇리고 기도를 시켰다.

노인은 더 이상 저항하지 않고 자기가 할 수 있는 대로 그냥 기도하기 시작했다. 그러자 하늘에서 금세 이슬비가 뿌리기 시작하더니 은혜의 비가 내리는 것이 아닌가……

한다. 이를 위해 원작에는 '아버지'라는 표현에 인용 부호가 표시되어 있고, 그 뒤에 괄호 안에 '원문대로'라고 표기되어 있다. 이를 통해 레스코프는 자신이 고대 문헌에 나온 표현 그대로 사용했음을 강조하고 있다.

모두 이와 같은 은총에 기뻐 어쩔 줄을 몰랐으며, 또 하느님의 사랑을 입어 '하늘로부터의 음성'을 통해 가장 훌륭한 간구자로 지정된, 그 기도를 드린 사람에게 어떻게 감사해야 할지 몰랐다.

　오랫동안 기다려온 비가 갈급한 대지를 충분히 적시고 넘칠 정도로 흘러들어 들과 정원의 모든 것들이 신선함을 되찾자 사람들의 마음에도 기쁨이 넘쳤다. 곧 사람들 사이에서 유쾌한 대화들이 오가기 시작했다. 이윽고 시간이 지나 주교와 나무꾼이 이야기를 나누게 되었다. 주교는 하느님이 그토록 합당하게 생각하고 하느님을 기쁘시게 하는 이 사람이 과연 어떤 삶을 살고 있는지 알고 싶었다.
　주교는 그에게 직접적으로 물었으나, 노인은 그에게 특기할 만한 그 무엇도 이야기해주질 못했다. 하여 주교는 그가 자기에게 무언가 숨기고 있다는 생각이 들었다.
　"나에게 자비를 베풀어주시오, 노인장."
　주교는 거듭 물었다.
　"내가 이렇게 부탁을 하는 것은 단순히 나의 호기심 때문이 아니라 많은 사람들에게 가르침을 주기 위해서요. 그러니 당신이 무엇으로 그렇게 하느님을 기쁘시게 하여, 그분께서 당신의 기도를 그 누구의 기도보다 더 잘 들어주시고, 당신이 간구하는 것을 주시는지 우리에게 알려주시오."

노인이 대답했다.

"정말로, 주교님, 저는 아는 게 없습니다."

"정히 그렇다면 당신의 삶이 어떤지 우리에게 말해주시오. 그러면 우리는 모두 당신처럼 우리의 기도도 하느님이 곧바로 들어주실 수 있도록 당신을 닮아가도록 노력할 것이오. 그러니 아무것도 숨기지 마시고 어서 말씀해보시오!"

그때 노인이 주교에게 말했다.

"저를 믿어주십시오, 주교님. 말씀드릴 것이 있다면 기꺼이 해드리겠지만, 정말이지 제게는 당신께 말씀드릴 만한 것이 전혀 없습니다. 저는 일상의 자질구레한 일들에 시달리며 하루하루 살아가는 아주 평범하고 허물 많은 한 사람에 지나지 않습니다. 저는 평생 동안 아무것도 모으질 못해 이렇게 늙어서 힘이 없고, 병든 지금까지도 휴식이나 안정을 취하지 못하는 삶을 살고 있어 하느님이 기뻐하시는 일들을 생각할 여유조차 없답니다."

"그렇다면 생활은 어떻게 하시오?"

"제 생활이 어떻게 이어지는지 말씀드리지요. 저는 아침 일찍 잠이 깨면 도끼를 들고 도시 밖으로 나가 산으로 갑니다. 거기서 누구나 벨 수 있도록 허용된 좋은 땔나무를 베어가지고, 오늘 성문에서 저를 만났을 때 보셨듯이, 그 짐을 끌고 시내로 들어옵니다."

"그러면, 그다음엔?"

"그다음엔 시내에서 땔나무를 팔아, 그것을 판 돈으로 빵을 사서 먹지요."

"그 밖의 다른 일은 없소?"

"전혀 없습니다, 주교님."

"그러면, 사는 집은 어디 있소?"

"사는 집도 따로 없답니다. 저는 집을 가져본 적이 없어요. 피곤해서 쉬거나 밤을 새워야 하면 교회 바닥으로 기어 들어가 그 밑에서 몸을 웅크리고 잠을 잡니다."

이것은 오래전 일이고, 또 그 당시의 교회는 대부분 작고 나무로 되어 있어서, 쉬운 말로 말뚝과 같은 것 위에 교회를 지었기 때문에, 그런 작은 교회의 바닥 밑에는 몸을 구부리고 들어가 추위나 비를 피할 수가 있었다. 그런 교회는 러시아에도 있었는데, 오늘날까지도 북부의 가난한 고장 어디쯤에선 그런 교회들을 볼 수가 있다. 그 바닥 밑에서 양과 소, 그리고 거지들이 쉬어가곤 했던 것이다.

"그럼 춥거나 날씨가 좋지 않아 나무를 할 수가 없을 때에는 어떻게 하시오?"

주교가 물었다.

"그러면 하루고 이틀이고 교회 바닥 밑에 앉아 계속 기다리지요."

"그런 때는 무엇을 먹고 지내오?"

"일도 하지 않는데 어떻게 먹을 생각을 하겠습니까? 그럴 때면 저는 주님께서 다시 좋은 날씨를 주실 때까지 굶습니다. 날씨가 좋아지면 주님께 감사를 드리며 일어나 다시 나무를 하러 가지요. 이상으로 말씀드린 것이 제 생활의 전부입니다."

『프롤로그』*는 이 소박한 이야기에 다음과 같이 덧붙인다. "이 이야기는 주교와 성직자들에게 적잖은 교훈을 주었다. 모두 노동하는 노인에 대해 하느님을 찬양하면서 노인에게 말했다. '진실로 당신은 〈나는 이 땅의 나그네〉**라는 성서의 말씀을 보여주었습니다.'

이후 주교는 이 땔나무 하는 사람을 받아들여 그를 부양하며, 그가 하느님에게로 돌아갈 때까지 편히 쉬게 해주었다."

---

* 고대 러시아로부터 전해 내려온 성자전 모음집인 『프롤로그』는 19세기에 이르기까지 러시아 민중들에게 큰 인기를 누렸다. 레스코프는 『프롤로그』 중 9편의 이야기를 현대적으로 개작했다.
** 구약 성경 「시편」 119편 19절

아름다운
아자

사랑은 허다한 죄를 덮느니라.
-『베드로전서』 4장 8절

그리스도교 초기에 이집트의 알렉산드리아라는 곳에 아자라는 이름을 가진 젊고 매우 예쁜 이집트 처녀가 살고 있었다. 그녀의 아름다움 때문에 사람들은 그녀를 '아름다운 아자'라고 불렀다. 그녀는 천애 고아였다. 그녀가 아직 어린 티를 채 벗기도 전에 세상을 떠난 그녀의 부모는 그녀에게 엄청난 재산을 남겨주었다. 아자는 잘 지은 집과 나일 강의 경사면에 넓은 포도원을 갖고 있었다. 아자가 물려받은 유산은 그녀가 평생 풍족하게 살아가기에 충분한 것이었으나, 이 젊은 이집트 처녀는 마음씨가 너무도 착하여 온갖 사람들의 고난에 동참했고, 어려움에 처한 사람들을 도와주기 위해서라면 아무것도 아끼지 않았다. 그러다 다음과 같은 비운의 사건이 발생했다.

저녁 무렵, 작열하는 이집트의 더위가 한풀 꺾였을 때, 아자는 목욕을 하기 위해 하녀들과 함께 나일 강에 갔다. 목욕을 마친 후 상쾌한 기분이 된 그녀는 얇은 겉옷을 몸에 두르고는 포도원을 지나 사뿐사뿐 자기 집으로 돌아가고 있었다. 이 시간, 그녀의 하녀들은 목욕 도구를 챙기기 위해 아직 강가에 남아 있었다.

한낮의 폭염이 지난 저녁은 매혹적이었다. 일꾼들은 일을 끝내고 돌아갔고, 포도원에 남아 있는 사람은 한 명도 없었다. 포도원에 자기 혼자일 거라고 확신하고 있던 아자는 갑자기 숲 한쪽에 웬 낯선 사람이 있는 것을 눈치채곤 깜짝 놀랐다. 그 사람은 주렁주렁 열매가 열린 나무 근처에서 몸을 숨긴 듯한 자세로 급하게 무엇인가를 하고 있었다. 열매를 따고 포도 과수원지기에게 잡히지나 않을까 두려워하면서 주위를 살피는 듯 보이기도 했다.

이집트 처녀는 그 낯모르는 이에게 가까이 가야겠다는 생각이 들었다. 그를 도와주기 위해서였다. 그에게 가능한 한 신속하게 많은 과일을 따게 한 다음, 나일 강으로 이어지는 통로를 통해 그를 사람들 눈에 띄지 않게 목욕 터 있는 곳까지 데려다주려는 생각이었던 것이다.

그러나 이집트 처녀가 가까이 다가갔을 때, 그녀는 이 낯선 사람이 과일을 따는 게 아니라 뭔가 전혀 다른 일을 하고 있다는 것을 발견했다. 그 사람은 늙은 나뭇가지에 새끼줄을 동여매고 있었던 것이다. 아자는 무슨 일인지 도무지 종잡을 수 없었다. 그녀는 무슨 일이 일어날지 보기 위해 몸을 숨겼다. 그런데 그 낯선 사람이 새끼줄로 올가미를 만들더니 그 속으로 자기 머리를 집어넣는 것이 아닌가……. 이제 한순간이 지나면 그는 이 올가미에 목을 매달 것이고, 연약한 처녀의 힘으로는 그를 풀어줄 수도 없을 것이다. 그렇다고 다른 사람에게 도움을 요청하러 가면, 그사이에 이 사람은 질식하여 죽어버릴 것이다……. 지체 없이 이것을 막아야 했다.

이집트 처녀는 소리를 질렀다.

"멈추세요!"

그러고는 자살하려는 사람에게 뛰어들어 올가미 줄을 잡아챘다.

그 낯선 사람은 슬픈 얼굴을 한 초로의 그리스인이었는데, 안감도 대지 않은 초라한 옷을 입고 있었다. 이집트 처녀를 보자 그는 놀라는 기색도 없이 오히려 불만을 터뜨리며 그녀에게 말했다.

"이런 불행한 일이 있나! 내 결심을 흔들려고 악마가 그대를 이리로 보낸 것인가?"

"삶이 이처럼 아름다운데, 무엇 때문에 죽으려고 하세요?"

이집트 처녀가 그에게 대답했다.

"그대나 그대처럼 부족한 것이 전혀 없이 살아가는 사람들에게라면 삶이 아름다울지도 모르겠소. 예전에는 나의 인생도 괜찮았지. 그러나 지금은 운명이 나를 거부하고, 나의 삶은 견딜 수 없는 짐이 되고 말았다오. 내가 죽는 걸 말리는 건 잘못하는 일이오. 아가씨, 갈 길이나 가시고, 내가 이 줄로 이승의 이 구렁에서 벗어날 수 있도록 나를 내버려 두시오. 더 이상 이생의 진창과 작열하는 석탄불 사이에서 괴로워하고 싶지 않구려."

그러나 처녀는 그를 내버려 두려 하지 않았다. 그녀가 말했다. "당신이 목을 매어 죽게 내버려 둘 수는 없어요. 내가 소리를 지르면 금방 나의 하인들이 달려올 거예요. 그러니 줄은 옷 속에 넣고 나를 따라서 우리 집으로 가시는 게 좋을 겁니다. 거기서 당신의 고민에 관해 나에게 말해주세요. 내게 당신의 고민을 덜어줄 어떤 방도가 있다면 내가 하도록 하지요. 그렇지만 만일 당신이 생각하는 대로 전혀 도울 길이 없다면 그때는…… 나를 떠나 그 줄을 가지고 당신이 원하는 곳으로 가세요. 당신을 막지 않겠어요. 또 그때 나무에 목을 맨다고 해도 결코 늦지는 않을 테니까요."

"좋소." 낯선 사람이 대답했다. "이승에서 지체하는 것이 아무리 괴로울지라도, 아가씨가 명민한 눈과 부드러운 목소리로 그렇게까지 나를 동정하는 것을 보니 아가씨의 말을 듣지 않을 수가 없군요. 자, 여기 내 줄을 옷 속에 숨기고, 그대를 따라가리다."

이집트 처녀는 절망에 빠진 그 낯선 사람을 그녀의 근사한 저택으로 데리고 갔으며, 하녀에게 과일과 청량음료를 그에게 대접하라고 시켰다. 그리고 손님을 화려한 양탄자 위 푹신한 쿠션 사이에 앉히고는 옷을 갈아입기 위해 방을 나갔다. 아자는 다시 돌아와 손님 옆에 앉았고, 그들 뒤에는 두 명의 흑인 하녀가 서서 비단 솔처럼 가볍게 움직이며 천장 아래에 매달려 향기를 뿜어내는 커다란 형형색색의 깃털로 만든 대형 부채를 부치기 시작했다.

이집트 처녀가 가능한 한 빨리 그 낯선 사람의 슬픈 사연을 듣고 싶어 하자, 그는 자신의 이야기를 들려주었다. 그의 이야기는 간단했고 복잡한 게 별로 없었다. 자살을 하려고 했던 그리스인은 얼마 전까지만 해도 큰 재산을 가지고 있었는데, 그만 사업이 망해 도저히 갚을 수 없을 정도의 많은 빚을 지고 말았다. 이런 어려움에 처한 그는 채권자에게 자비를 베풀어줄 것을 간청해보기도 했지만, 소용이 없었다. 그런데 그 부자가 빚을 탕감해줄 용의가 있다면서 잔인한 조건 하나를 제시하였다.

"어떤 조건인데요?"

이집트 처녀가 물었다.

"하녀들이 있는 곳에서는 말할 수가 없군요."

아자는 하녀들에게 물러가라고 명했다.

"내게는 이오라는 이름을 가진, 아가씨와 비슷한 나이의 딸아이가 한 명 있다오. 그 아이는 꼭 아가씨처럼 건실한 몸매에 아름다운 얼굴을 가지고 있지요. 그 아이의 마음이 어떤지 이제부터 내가 들려주는 말을 듣고 직접 판단해보길 바라오. 파렴치한 호색한인 나의 채권자가 내게 하는 말이, '네 딸 이오를 나에게 첩으로 준다면, 너를 감옥에 보내지는 않겠다. 하지만 그러지 않으면 너는 목에 칼이 채워진 채 죽게 될 거야.'라더군요. 나는 너무도 수치스러워서 그 말을 들으려고 하지도 않았어요. 내가 더욱 힘들었던 것은 우리 불쌍한 이오에게 약혼자가 있다는 사실 때문이오. 그는 가난하긴 하지만 훌륭한 성품을 지니고 있었고, 내 딸아이는 어렸을 때부터 그를 몹시 좋아했지요. 더군다나 우리 딸이 첩이 된다면, 내 아내는 그런 수치를 견디지 못할 것이오. 그런데 우환은 우환을 부르는 법. 어떤 어려움이 또 생겼는지 아시겠소? 내 딸이 그만 그 모든 사실을 알게 됐다오. 그리고 오늘 내게 조용히 하는 말이, '아버지, 저는 다 알고 있어요……. 저는 더 이상 어린아이가 아니에요……. 저는 결심했어요, 아버지……. 아버지의 연로하신 목에 칼을 씌우지 않기 위해…… 저를 용서해주세요, 아버지……. 저는 결심했어요…….'

이오는 흐느끼기 시작했고, 나도 그 아이를 부둥켜안고 그러지 말라고 설득하며 더욱 슬프게 흐느꼈지만, 그 아이는 이렇게 대답했다오.

'지금 나에겐 아버지와 아버지가 모욕당하시는 것을 견디지 못하실 어머니에 대한 사랑이 내 약혼자에 대한 사랑보다 더 중요해요. 그 사람은 젊으니까,(그 아이는 흐르는 눈물을 삼키며 말을 계속했다오.) 다른 여자를 사랑하여 행복한 결혼 생활을 할 수 있을 거예요. 하지만 저는…… 저는 아버지, 어머니의 딸이에요……. 저를 키워주셨고…… 이렇게 연세도 많으신데…… 제게 더 이상 아무 말씀도 하지 마세요, 아버지. 저는 굳게 결심했으니까요.'

게다가 그 아이는, 내가 반대하면 채권자가 정해준 시일인 내일까지 기다리지 않고, 지금 당장 그에게 가버리겠다고 엄포를 놓았다오."

낯선 사람은 얼굴에 흐르는 눈물을 훔치고는 다음과 같이 말을 맺었다.

"아가씨에게 더 이상 말을 해서 무슨 소용이 있겠소? 이오는 성격이 단호한 데다가 제 부모를 몹시 사랑한다오……. 그 아이는 한 번 결심하면 아무리 타일러도 소용이 없어요……. 나는 겨우겨우 그 아이를 내일까지만 기다려달라고 설득을 했다오. 아직 어떤 희망이 남아 있는 것처럼……. 그러고는 하루 종일 미친 사람처럼 돌아다니다가 집에 돌아가 내 아내와 사랑스러운 이오를 한 번 안아주고는 몰래 줄을 구해 내 괴로움을 끝낼 수 있는 외진 곳을 찾아 달려온 거라오. 아가씨가 나를 방해했지만, 그대의 진심 어린 동정은 내 괴로움을 덜어주었소. 그대의 아름답고 선량한 얼굴을 보니 꼭 우리 이오의 얼굴을 보는 것 같아 기쁘구려. 하느님이 그대를 축복해주시기를. 자, 그럼 잘 있으시오, 나를 더 이상 방해하지 말고. 나는 이제 가서 내 삶을 마치리다. 내가 죽으면, 이오는 더 이상 아버지 목에 칼을 씌운다고 두려워하지 않아도 될 것이며, 제 아비를 위해 치욕스러운 자리에 자기를 팔지 않고, 자기 약혼자와 결혼을 하게 되겠지요."

이집트 처녀는 낯선 사람의 이야기를 전부 주의 깊게 듣고는 단호하게 그의 얼굴을 바라보며 말했다.
"당신의 사랑스러운 따님의 마음을 이해할 수 있을 것 같군요. 이오가 마음에 들어요. 그녀는 착한 아가씨군요."
"그럴수록 나로서는 더욱 힘들다오."
낯선 사람이 대답했다.
"그것도 이해할 수 있겠어요. 그런데 빚이 얼마나 되는지 말해주시겠어요?"
"아, 정말 많지요."
낯선 사람은 정말 엄청난 액수를 말했다.
그것은 이집트 처녀의 전 재산과 맞먹는 액수였다.
"내일 제게로 오시죠. 그 돈을 드리겠어요."
낯선 사람은 몹시 놀랐다. 그는 기뻐하면서도 자신의 귀를 믿을 수가 없었다. 그리고 그녀에게서 그렇게 막대한 도움을 받을 수 없다고 말했다. 그는 빚이 너무도 엄청난 액수라는 사실을 상기시키면서, 그것을 위해 그녀가 치를 희생이 너무 클 것이고, 자신은 그것을 그녀에게 갚겠다고 약속할 상황도 못 된다고 말해주었다.
"그것은 당신이 걱정할 일이 아니에요."

이집트 처녀가 대답했다.

"더군다나," 그가 말했다. "나는 다른 종족 출신이라는 것을 알아야 하오. 나는 그리스인이고 아가씨와는 종교도 다르오."

아자는 순간 그녀의 긴 속눈썹으로 아몬드 같은 눈을 가리더니, 이렇게 대답했다.

"당신의 종교가 무엇인지는 내 알 바 아니에요. 그것은 우리의 사제들이나 관여할 일이지요. 하지만 내가 믿는 것은, 진창에서는 그리스 여자의 다리든, 다른 모든 여인의 다리든 마찬가지로 더러워질 것이고, 또 시뻘겋게 달궈진 석탄불에는 모든 것이 똑같이 타버릴 것이라는 사실이에요. 하니 나를 번거롭게 하지 마세요. 그리스인이여, 이오로 인해 내 마음이 따뜻해졌답니다. 가서 당신의 딸과 아내를 안아주시고, 내일 내게로 오세요."

낯선 사람이 가자마자, 아자는 다시 겉옷을 두르고 부유한 고리대금업자에게 갔다. 그녀는 높은 금액에 자기의 전 재산을 저당 잡혔다. 그리고 얻은 금화를 다음 날 그 낯선 사람에게 주었다. 얼마 지나지 않아 저당 잡힌 날짜가 다 지나자 고리대금업자는 저당 문서를 가지고 와 아자의 전 재산을 몰수해갔다. 그래서 그녀는 자기 집과 포도원을 버리고 달랑 누추한 옷 하나만을 걸친 채로 떠나야만 했다. 이제 그녀는 돈도, 거처도 아무것도 없었다.

곧 그녀 부모가 이전에 알았던 사람들이 이런 상황에 처한 그녀를 보고는 그녀에게 말을 해댔다.

"아자, 네가 미쳤구나. 너의 무모한 선량함으로 인해 네 꼴이 어떻게 되었는지 이제 알겠냐!"

아자는 지금 어려움을 당하는 것은 자기 혼자이지만, 그렇게 하지 않았으면, 어느 가족 전체가 파멸해버렸을 것이기 때문에, 자신의 선량함은 무모한 것이 아니라고 대답했다. 그러면서 그녀는 그들에게 그리스인의 불행에 관해 전부 이야기해 주었다.

"그렇다면 너는 그야말로 곱절로 미친 셈이지. 다른 종교를 가진 사람들을 위해 그 모든 일을 했다니!"

"종족과 종교가 아니라, 사람들이 고통을 당하고 있었어요." 아자가 대답했다.

이 말을 들은 지인들은 아자에 대한 반감이 더욱 커졌다.

"네가 타종교 사람들에게 그렇게까지 너의 선량함을 자랑하고 싶으면, 어디 네 마음대로 살아보라고."

그러고는 모두들 그녀를 운명에 맡겨놓았다. 하지만 운명은 그녀에게 혹독한 시련을 마련해놓고 있었다.

아자는 심한 빈곤에서 벗어날 수가 없었다. 그녀가 받아온 교육 때문이었다. 그녀는 자신의 노동으로 생계를 유지할 준비가 전혀 되어 있지 않았다. 그녀는 젊음과 아름다움, 총명한 머리와 혜안에다 고상한 마음까지 갖추고 있었지만, 손으로 하는 일은 전혀 배우지 않았던 것이다. 매혹적인 처녀의 육체는 거친 일들을 행하기엔 너무 약했다. 강변의 날품팔이들은 그녀를 쫓아내었다. 그녀는 과일 광주리도, 건축용 벽돌도 나를 수가 없었다. 한번은 그녀가 강가에서 빨래를 하려고 했던 적이 있었다. 그런데 나일 강 갈대의 타고 남은 재로 인해 그녀의 연한 손은 부르틀 대로 텄고, 흐르는 물에 현기증을 일으킨 그녀가 나일 강에 빠져 의식을 잃고 반쯤 죽은 상태에 처한 것을 사람들이 끄집어내었다.

아자의 상황은 절망적이었다. 그녀는 젖은 옷을 입은 채 굶주림에 시달렸다. 그런 그녀에게 마른 보리빵을 나눠준 사람은 강가의 창녀였다. 그녀는 나일 강변에서 저녁에 이곳을 지나는 타지의 선원들을 기다리며 돌아다니는 많은 창녀들 중 한 명이었다. 밤에 아자에게 자기 돗자리를 나눠준 사람도 바로 그녀였다. 그녀는 자신의 마른 옷으로 아자를 덮어주어 밤의 한기로부터 보호해주었다. 그 뒤…… 아자는 이 여자처럼 강변의 창녀가 되었다.

아자를 알던 사람들은 모두 그녀를 혐오스러워했고, 그녀는 더욱 타락하였다. 때때로 그녀는 이전에 자기 소유이던 포도원의, 그녀가 구해준 낯선 사람이 목을 매려고 했던 바로 그 나무 밑을 지날 때마다 그의 이야기를 떠올렸고, 그러면 그녀는 언제나 자기가 내렸던 결정 외에는 달리 어쩔 수가 없었다는 생각을 했다. 자신이 괴로움에 시달릴지라도, 그 대신 이오와 그녀의 늙은 부모가 구원을 받은 것이다……! 이런 생각에 아자는 기뻐했고, 자신의 굴욕을 참을 수 있는 힘을 얻었다. 그러나 또 어떤 때는 거의 절망에 빠져 나일 강에 몸을 던질 지경에 이를 때가 있었다. 그럴 때면 그녀는 짙은 핏덩이처럼 붉은 모래언덕 위 내리막길에 앉아 다음과 같은 생각에 잠기곤 했다. 과연 정말로 언제나 이렇게 어쩔 수 없이 선한 사람들은 진창과 벌겋게 달궈진 석탄불 사이에 처할 수밖에 없는 것일까?

사람들의 고통에 대해 무관심해야 할 것인가, 아니면 스스로 고통 속에 빠져들어야 할 것인가? 제3의 길은 진창과 석탄불 사이에서 허덕이며 걷는 것뿐이다. 그렇다면 도대체 왜 우리 가슴에 동정의 마음이 주어진 것일까? 하늘이 잔인한 것일까? 왜 하늘에서 누군가 내려와 더 이상 버림받는 자가 없고, 또 교만한 자도, 배부른 자도, 빈궁한 자도 없도록, 사람들이 인생을 더 좋게 만들 수 있는 방법을 알려주지 않는 것일까? 아, 만약에 하늘에서 그런 위대한 스승이 내려온다면! 만약에 그런 사람이 있다면, 그녀, 불쌍한 아자는 그의 발아래 엎드려 흐느껴 울며, 평생 그가 명하는 모든 것들을 수행하며 살아가기를 원할 것이다.

어느 날 아자는 이런 심정으로 말없이 나일 강가의 외진 곳을 따라 느릿느릿 걷고 있었다. 오늘은 격한 뱃사람들조차도 보이질 않았다. 이미 이틀을 굶은 그녀는 고통스러운 굶주림에 시달리고 있었다. 아자는 눈앞이 캄캄해졌다. 그녀는 강에 다가가 물을 마시려고 몸을 굽혔다. 그런데 갑자기 깜짝 놀라 뒤로 물러서고 말았다. 그녀 자신에게도 지칠 대로 지쳐 생기를 잃은 그녀의 얼굴이 너무나도 무섭게 보였던 것이다. 불과 얼마 전까지만 해도 그 어느 누구도 '아름다운 아자' 말고는 다른 식으로 그녀를 부를 수가 없었는데.

"아, 이제야 이것이 무엇을 뜻하는지 알 수 있겠어. 나는 더 이상 '아름다운 아자'가 아니야. 나는 이제 가장 영락한 사람들조차도 무서워할 정도가 되고 말았어……! 굶주림이 밀려오고 있어, 고통스러운 굶주림이……. 하지만 불평하지는 않겠어……. 이제 하늘에 마지막 인사를 보내야지. 하늘이 내게 나 자신보다 다른 사람을 더 많이 사랑하라고 용기를 불어넣었지. 그리고 이제 나는 죽어가고 있고."

그녀는 물에 빠져 죽으려고 강으로 뛰어들었다. 그리고 거의 죽음을 눈앞에 둔 찰나에 누군가 갑자기 그녀의 어깨를 잡았다. 돌아보니 그녀 앞에는 외지인의 의복을 입은 수수한 인상의 초로의 남자가 서 있었다.

아자는 그를 자신의 직업 때문에 이 지역을 찾은 외지인으로 생각하고, 그에게 말했다.

"나를 가만히 놔두세요. 오늘은 당신과 함께 갈 생각이 없어요."

그러나 이방인은 가지 않고 부드러운 눈길로 그녀를 바라보며 말했다.

"나의 자매여, 내가 그대에게 무슨 나쁜 마음을 먹고 말을 건다고 생각하지 마시오. 내가 보기에 그대는 자기 자신과 어떤 투쟁을 벌인 것 같구려."

"그렇습니다. 나는 이제 진창에서 발을 꺼내어 뜨거운 석탄불로 옮겨 놓으려 하는 중입니다. 힘이 드네요."

"많이 지쳐 보이는군요."

"이틀 동안 먹지 못했어요."

"그렇다면 어서 이것을 드시오. 내게 빵과 구운 생선이 좀 있소."

이방인은 서둘러 등 뒤에 메고 있던 삼베 자루를 풀어 아자에게 생선, 빵과 함께 포도주를 탄 물병을 건네주었다.

아자는 그것들을 받아먹은 후에, 고통스러운 허기가 어느 정도 채워지자, 눈을 들어 낯선 사람을 보면서 말했다.

"제가 당신의 양식을 먹어버리는 잘못을 범했군요. 여행 중에 드실 비축 식량이 필요하실 텐데 말이에요."

"걱정하지 마시오, 자매여. 나는 참을 수 있답니다. 고통당하는 사람을 보는 것보다는 직접 고통을 참는 것이 훨씬 복된 일이라오."

아자는 한숨을 쉬었다.

"이방인이여!" 그녀가 말했다. "당신은 나를 먹여주고 좋은 말씀도 해주시는군요……. 그런데 당신은 왜 두 번씩이나 나를 보고 자매라고 부르시는 거죠? 당신은 정말 내가 어떤 사람인지 모르시나요?"

"그대는 나와 같은 하느님의 창조물이지요. 그러니 내게는 자매가 되는 거요. 이승의 고난과 사람들의 잔인함으로 인해 당신이 어떤 사람이 되었건 간에 그것은 내게 중요한 게 아니지요."

아자는 다시 예전과 같은 빛나는 눈으로 그를 뚫어지게 바라보고는 소리쳤다.

"당신의 말씀이 제 마음을 뜨겁게 하는군요. 혹시 신들의 사자이신가요?"

"나는 그대처럼 보통 사람에 지나지 않는다오. 하지만 우리는 모두 하느님을 통해 이리로 보내졌지요. 서로가 서로에게 사랑을 보여주고, 고통당하는 사람을 서로 도와주도록 말이오."

"그렇지만 당신이 만일 보통 사람이라면, 누가 당신에게 이렇게 내 마음을 뜨겁게 달구고 떨리게 만드는 그런 말을 하도록 가르쳐주었나요?"

"여기 함께 앉읍시다. 그러면 내 그대에게 말해주리다. 누가 그렇게 말하도록 가르쳐주었는지 말이오."

불행한 아자는 더욱더 당황했다.

"뭐라고요?" 그녀가 말했다. "내 옆에 앉으시겠다고요! 창녀와 함께 앉아 있는 당신을 점잖은 사람들이 보기라도 한다면, 나중에 그들에게 무슨 말로 변명을 하려고 그러시나요?"

"나는 그들에게, 그 어느 누구보다도 더 존경을 받으시는 그분께서도 그대가 지금 이야기하는 그런 여인을 배척하지 않으셨다고 말을 할 것이오."

"도대체 그분이 누군가요? 나는 그런 사람에 대해 들어본 적이 없어요……. 그렇지만 당신이 그에 대해서 이야기할 때, 당신의 말씀이 내 가슴에 새로운 생명을 불어넣고 있어요. 혹시 그분이라는 사람이 당신의 스승인가요?!"

"그대 말이 맞소. 그분이 바로 나의 스승이오."

아자는 울음을 터뜨렸다.

"정말이지 행복하시겠어요, 이방인이여! 그런데 그분은 어디에, 그 하늘의 사자는 어디에 계신가요?"

"그분은 우리와 함께 계시오."

"우리와 함께! ……나와 함께! ……가련한 아자를 놀리지 마세요……. 저는 불행한 여자랍니다……. 그분이 어디 있는지 제게 말씀해주세요. 저는 달려가…… 그분께 간청하겠어요……. 그러면 어쩌면 그분이 제게 새로운 삶을 주실지도 모르잖아요."

이방인 자신도 흥분했다.

"진정하시오." 그가 말했다. "그대는 그 새로운 삶을 소유하게 될 것이오. 그러기 위해서는 단지 옛 삶에서 벗어나기만 하면 됩니다. 어서 빨리 과거에 그대를 압박하던 것에서 벗어나란 말이오."

"제가 어떤 사람인지 들어보세요!" 아자는 생기 있게 외치며 그녀에게 일어난 일을 모두 이야기했다. 그녀는 이야기를 마치면서 자기변호를 덧붙였다. "사람들은 제가 그때 달리 생각했어야 했다고 말을 하지만, 저는 그럴 수가 없었어요. 그때는 제 마음이 이성보다 더 강하게 움직였으니까요."

"누구든지 쟁기에 손을 댔다가 뒤를 돌아보는 자는 농부의 자격이 없는 법. 그대가 행한 일에 대해 후회하지 마시오."

아자는 눈을 내리깔고 말했다.

"저는 그 일에 대해서는 후회하지 않아요……. 하지만 그 이후에 있었던 일을 생각하면 너무 힘들답니다……."

"그대가 사랑의 가장 신성한 일을 행한 후에," 이방인은 그녀의 말을 끊고 말했다. "자기 자신을 잊고 다른 사람들을 구원한 후에…… 그런 번민의 생각들은 내버리시오! 잘 달궈진 석탄불에 발을 태우면, 발은 차가운 진창으로 빠져 들어가게 되지요. 그러나 사랑은 허다한 죄를 덮고 주홍 같은 오욕도 양털처럼 희게 만든다오. 그대의 얼굴을 들어보시오……. 내게서 그리스도의 인사를 받고, 그대의 영혼이 향하여 달려가고 있는 그분이 손가락으로 고운 모래 위에 그대의 죄업을 쓰고, 그것을 바람으로 날려 보내버렸다는 것을 알기 바라오."

아자는 얼굴을 든 채 울고 있었다. 그리스도인은 그녀를 바라보고 있었는데, 어느 순간 그는 무릎을 꿇고, 그녀의 발아래 엎드려 조용히 말하고 있었다.

"그대는 생명을 얻었도다, 생명을 얻었도다."

그녀는 위안을 얻었다. 번민하던 아자의 영혼이 새로운 삶을 찾은 것이다. 그리스도인은 그녀에게 짧은 말로 그리스도의 가르침을 알려주었고, 다시 한 번 그녀의 심성을 칭찬하며 말을 맺었다. 그러나 아자는 꼭 알고 싶은 것이 있었다. 과연 정말로 이러한 가르침대로, 정죄도, 악도, 빈궁함도 없이 서로 사랑하며 살아가는 사람들이 있느냐는 것이었다.

"그런 사람들이 있었소."

그리스도인이 말했다.

"그러면 왜 지금은 모든 사람들이 그렇지 않은 거죠?"

"그것은 어려운 일이오, 자매여."

"뭐가 어렵다는 거죠?"

"그들이 어떻게 살았는지 한번 들어보시오."

그리스도인은 그녀에게 『사도행전』의 한 부분을 암송해주었다.

"그 많은 신도들이 다 한마음 한뜻이 되어 아무도 자기 소유를 자기 것이라고 하지 않고 모든 것을 공동으로 사용하였다. 그리고 자기들이 가지고 있던 모든 것을 팔아서 모든 사람에게 필요한 만큼 나눠 주었다. 그리고 날마다 함께 모여 순수한 마음으로 기쁘게 음식을 함께 먹었다."(『사도행전』 4장 32절)

"정말이지 너무 아름다운 모습이군요!"

아자는 탄성을 질렀다.

"그러나 이것은 정말 힘든 일이라오." 그가 말을 이었다.

"키프로스 태생의 레위 사람으로 사도들에게서 '위로의 아들'이라는 뜻인 바르나바라고 불리는 요셉도 자기 밭을 팔아 그 돈을 사도들 앞에 가져다 바쳤다."(『사도행전』 4장 37절)*

찌푸렸던 숱한 날들이 지나고 아자의 얼굴은 기쁨의 미소로 환해졌다. 자신의 소유를 다 나눠 준 바르나바가 '위로의 아들'이라 불렸다니…….

아자는 얼굴을 위로 들고 말했다.

"그런 일은 어렵지 않아요."

"그러면 이곳에서 내가 그대에게 알려주는 곳으로 가시오. 거기 사람들에게 그대가 지금 내게 말한 모든 것을 말해주시오."

이방인은 그녀에게 알렉산드리아의 그리스도인들이 모이는 곳과 그들의 주교가 누구인지 말해주었다.

아자는 조금도 지체하지 않고 일어나 그가 가르쳐준 곳으로 떠났다.

아자가 도착하자, 사제 중의 한 명이 그녀를 금방 알아보고 그녀에게 말했다.

"어디선가 본 얼굴인데. 그대는 나일 강가에 자주 다니는

---

* 여기서 저자가 밝힌 출처는 정확치 않다. 첫 번째 인용은 『사도행전』 2장 44~46절과 4장 32절이 혼합되어 있고, 두 번째 인용은 4장 37~38절의 내용이다.

창녀와 많이 닮았군요."

"제가 바로 그 창녀랍니다." 아자가 대답했다. "하지만 당신이 저를 볼 수 있었던 그곳으로 다시 돌아가고 싶지 않아요. 저는 그리스도인이 되고 싶습니다."

"그거 참 잘된 일이군요. 하지만 그대는 그전에 먼저 금욕과 참회를 통해 자신을 정결하게 해야 합니다."

"저는 필요한 모든 것을 행할 준비가 되어 있어요."

사람들은 그녀에게 어떻게 금욕을 해야 하는지 말해주었고, 그 후 그녀는 사람들이 동정심에서 그녀에게 주는 것만을 먹으면서 오랫동안 금욕하였다. 마침내 그녀는 탈진한 상태로 다시 와 자기에게 세례를 주고 공동체에서 받아줄 것을 부탁하였다. 사제들은 그녀가 모든 사람들 앞에서 참회를 해야 한다고 말했다.

"그러지요. 제가 온 것도 모든 사람들에게 나의 삶이 얼마나 나빴는지 말하기 위해서랍니다. 하지만 저는 지금 탈진한 상태이고 곧 죽을 것 같아 두려워요. 제발 부탁이니 가능한 한 빨리 저를 공동체에 받아들여주도록 주교님께 말씀해주세요."

사제들은 주교에게 말을 전했으나, 이 주교는 아자에게 모든 신앙 교리와 상징들을 설명해놓은 교리문답을 익히고, 시험을 통과하면, 그때 아자에게 세례를 주도록 명했다.

그러나 아자는 그때까지 기다리지 못했다. 세례명을 받고 그리스도인들과 함께 생활하려는 그녀의 조급한 희망은 그녀

를 피폐하게 만들었다. 그녀는 울면서 호소했으나, '모두 그녀를 무시했다.'

그때 기적이 일어났다. 소외당한 이 이집트 처녀가 병들어 '작은 마구간'에 누웠을 때, 밤중에 그녀에게로 '빛이 나는 두 명의 남자'가 찾아와서는 그녀에게 하얀 '세례복'을 입혀주었다. 아자의 죽은 육신은 그 속에 담겨 지상에 남겨졌고, 그녀의 산 영혼은 산 자들의 거처로 날아갔다.

세례복을 입은 아자의 마지막 모습은 사제들을 곤혹스럽게 만들었다. 그들은 어떤 식으로 이 여인의 장례를 치러야 할지 알 수 없었다. 그때 갑자기 영원히 잠든 아자와 나일 강변에서 이야기를 나눴던 그 이방인이 도착했다. 그는 철학자이자 시리아의 신부였고, 시리아인 이삭의 친구이기도 했다. 그는 영의 인도에 따라 가던 길을 돌아 이리로 온 것이었다. 그는 아자에게 몸을 숙여 그리스도교의 기도를 드렸다. 그의 기도가 이어지는 동안 사람들이 아자의 육신을 땅에 묻었다. 그러나 시리아인은 한참 동안 서서 멀리 바라보았다. 그는 무언가를 생각하면서, 환희에 빠진 채 입술을 움직이고 있었다.

사람들이 그에게 물었다.

"틀림없이 당신은 뭔가 신기한 것을 보고 계신 거겠죠?"

"그렇소." 그가 대답했다. "꼭 하늘이 열리는 것 같고······ 그리로······ 누군가 들어가고 있는 것처럼 보입니다."

"정말 그 창녀인가요?"

"오, 아니요! ……창녀는 당신들이 진창 속에 묻지 않았소. 내가 보는 것은…… 잘 달궈진 석탄불에서 한 줄기 가녀린 연기가 피어나와 빛과 어우러지고 있는 것이오. 내가 보기에 이것은 위로의 딸이 하늘로 올라가는 것 같군요."

양심적인
다니엘에 관한
전설

정열은 멀리 보지 못하게 만들지만, 증오는 아무것도 보지 못하게 한다.
- 펠루시움의 이시도르(Isidore), 「키릴에게 보내는 편지」에서

동정을 베풀지 않는 사람의 삶은 쉬워 보이지만,
그런 사람에겐 기쁨이 없다. 끔찍한 고통이 그를 사로잡을 것이다.
그 고통은 자신의 잘못을 더 이상 바로잡을 수 없는 그 시점에 시작된다.
내 생각에 회개할 시기를 놓친다는 것은 바로 지옥 불의 고통과 같은 것이다.
- 시리아의 이삭(Isaac)

천오백 년 전 동방의 시나이 산 근처 한 작은 수도원에 다니엘이란 이름의 젊은이가 살고 있었다. 당시의 수도원은 부대시설이 갖추어진 교회 건물에서 수도사들이 생활하는 현재 러시아의 수도원과는 달랐다. 고대 동방에서는 수도원이라고 해봤자 몇 개의 오두막집을 일컫거나, 대부분 산속의 동굴 몇 개에 불과할 뿐이었다. 사방이 비좁게 막혀 있는 그런 장소에서 추구하는 바가 같은 사람 서넛이 모여 세속의 유혹을 멀리하며 살아갔던 것이다.

이들은 엄격한 생활을 유지하면서 손수 노동하며 살아갔다. 그들에게 교회 같은 것은 없었고, 또한 성직자라는 신분을 가진 사람들도 없었으며, 이런 수도사들을 관리하는 상부 조직 같은 것도 오랜 기간 존재하지 않았다.

그런 수도원을 세우는 것은 어려운 일이 아니었고, 그런 곳에 값진 물건 같은 것들이 있을 턱이 없었다. 그리고 대개 수도원은 그리스도교 국가 영토의 국경 근처에 위치했는데, 그것은

'야만인'들*에게 그리스도교 신앙을 전파하기 위해서였다. 그리스도교 세례를 받지 않은 자들은 야만인으로 불렸는데, 그 당시만 해도 그런 사람들은 어디를 가든 널려 있었다. 시나이 산 근처 뜨거운 평원에도 유목 생활을 하는 그런 사람들이 많이 거주하고 있었다.

국경 근처에 사는 수도사들은 그런 야만인들을 피하지 않고, 오히려 그들과 마주할 기회를 찾았다. 그리스도교가 이 세상에 선사한 은총을 그들에게 전하기 위해서였다. 수도사들은 야만인들에게 하느님은 모든 사람들의 아버지라는 것과 그분의 뜻은 모든 사람들이 아무에게도 악을 행하지 않고 서로 사랑하며 살아가는 것이라고 강조했다. 또한 누군가 모욕을 당하더라도 그것에 대해 복수하지 않고, 그 모욕을 선으로 갚음으로써 사랑으로 악을 이기는 것이라고 했다. 왜냐하면 오직 사랑만이 악을 폭로하고 극복할 수 있기 때문이라는 것이었다. 그러나 성질이 거친 야만인들은 모든 사람들이 똑같이 동정받을 가치가 있다는 것과 자신에 대한 모욕을 용서하면 이 세상에 평화가 온다는 것을 이해할 수도 또 믿을 수도 없었다. 그들은 자신의 힘만 믿고 눈에 띄는 수도사들을 자주 공격했지만, 가난한 수도사들에게선 건질 것이 아무것도 없었다. 그래서 그들은 이들을 포로로 잡아 평원으로 끌고 가 말이나 당나귀, 낙

---

*   원문에는 '바바리안barbarian'.

타를 치게 하거나 양털을 깎게 하거나 잡초 거름을 말려 연료로 만드는 일을 시켰다.

한번은 야만인들이 다니엘이 살고 있던 시나이 산의 수도원을 습격했다. 그들은 거기 살던 노인들을 있는 대로 모두 죽이고, 젊어서 일을 시킬 수 있을 것 같은 다니엘은 끌고 갔다. 그들은 다니엘의 발을 묶어 낙타에 실은 뒤 아주 먼 평원으로 데리고 갔다. 그리고 거기서 야수나 도적들에게서 가축을 보호하는 일을 시켰다.

다니엘은 오랫동안 자기를 사로잡은 자들을 위해 일을 하면서 그들의 말을 배웠고 또 몇 년 동안 그들과 함께 이곳저곳을 떠돌아다녔다. 그는 야만인들의 신앙을 업신여기지 않았고, 그들 역시 그가 자기 식대로 신앙생활을 하는 것을 방해하지 않았다. 그리고 그가 자기들과 함께 생활하면서 정직하게 행동한다는 것을 알게 된 그들은 그를 신뢰하여 전혀 감시하지 않았을 뿐 아니라 매사에 그를 자기네 사람처럼 대해주었다. 다니엘은 몇 번이나 그에게 맡겨진 가축들을 버리고 말을 타고 도망갈 수도 있었지만, 한 번도 그럴 생각을 하지 않았다. 그러다가 어느 순간 다니엘은 자기가 그리스도교식으로 판단하여 이야기할 때 야만인들이 즐겨 듣는다는 것을 발견했다. 그들 스스로도 대부분 다니엘의 생각대로 말하고 행동하기 시작했다. 다니엘은 생활이 편해지자 타지 사람들과 사는 것도 그다지 나쁘지는 않다는 생각이 들었다. 그들이 복음에 순종하게끔

인도할 수가 있었기 때문이다. 그런데 어느 날 국경에 있던 한 야만인이 말을 타고 달려와 하는 말이, 그리스도인들이 자기를 통해 다니엘의 몸값을 보냈으니 이제 다니엘을 풀어주어야 한다는 것이었다.

다니엘은 자기 동료들에게 돌아갈 수 있다는 사실에 몹시 기뻤으나, 막상 평원의 천막에서 마지막 밤을 보내게 되자, 야만인들이 불쌍해지면서 이런 생각이 들었다. '이제 막 그들 중 몇몇이 선한 것이 무엇인지 생각하고 또 타인들을 사랑으로 대하기 시작했는데, 내가 떠나야 하는구나. 그러면 그들은 다시 모든 것을 잊어버리고 예전대로 악행을 일삼겠지. 그들을 올바른 곳으로 인도해야 하는데, 이렇게 떠나게 되다니……. 이것 역시 내가 포로로 잡히기 전 집을 떠나 수도원에 살면서 이루고자 했던 사명이 아니던가.' 그러나 이 생각보다는 그리스도교 신앙을 가진 자기네 사람들과 함께 살고 싶다는 욕망이 더욱 커짐에 따라 다니엘은 떠나기로 결심했다. 야만인들은 다니엘의 몸값을 나눈 후에, 다니엘에게 물과 흰 수수로 가득 채운 호리병박을 주고 또 국경까지 그를 수행할 두 명의 말 탄 무사를 딸려 보냈다. 거기서부터 그는 별 위험 없이 혼자서 그리스도인들에게 갈 수가 있었다.

다니엘은 무사히 국경 너머 자기 쪽 사람들에게 돌아와서 예전처럼 수도원 생활을 계속했다. 하지만 그것은 오래가지 않왔다. 반년 후에 얼굴이 검은 다른 야만인들이 그들의 수도원을 습격하여 또다시 다니엘을 포로로 끌고 갔고, 연료용 건초 건조 작업과 양, 말, 낙타를 지키는 일을 시켰다.

다니엘에게 이번 생활은 먼젓번보다 훨씬 힘이 들었고, 이 야만인들과 함께 사는 것도 쉽지가 않았다. 그도 그럴 것이 그는 이전 야만인들에게는 오래전에 적응이 되었고, 그들 역시 그를 부드럽게 대해주었다. 그런데 그와 생면부지인 이번 야만인들은 그를 전혀 신경 쓰지 않았고, 그가 해야 할 일을 알려주고는 지켜보지도 않고 내버려 두었다.

그는 점점 더 서글퍼졌고, 이미 한 번 몸값을 치른 적이 있는 자기를 야만인들이 또 소유한다는 것은 매우 부당하다는 생각이 들었다. 그래서 그는 기회를 틈타 자기에게 맡겨진 것을 모두 내버려 두고 도망을 쳤다. 다행히 이번에도 그는 국경을 넘어 그리스도교 영토로 건너가 수도원에 당도할 수 있었다. 그러나 곧 그가 없어진 것을 발견한 야만인들은 말을 몰아 수도원으로 쳐들어왔다. 그리고 수도원의 정원들을 전부 파헤치고, 온갖 건물들을 다 파괴하고 노인들을 죽인 후에, 다니엘을 다시 포로로 잡아 밧줄로 그의 몸을 묶고 낙타 안장에 연결한 뒤 그를 걸리어 끌고 갔다. 또한 다니엘이 멈추지 않고 신속히 낙타를 쫓아가도록 그의 뒤에서 한 젊은 야만인이 말을 타고 따라오면서 날카로운 창으로 그의 등을 찔러댔다. 다니엘이 신음을 하며 지친 다리를 겨우 옮겨 지나간 자리마다 모래 위

로 그의 피가 떨어졌다.

이번 카라반에 끌려가면서 다니엘은 두 번에 걸친 이전 포로 생활을 기억하며 눈물을 흘렸다. 이렇게까지 가혹한 폭군처럼 그를 취급한 사람들은 첫 번째도 두 번째도 없었다. 이와 함께 그의 마음속에는 자기를 괴롭히는 자들, 특히 저 젊고 힘센 야만인에 대한 참을 수 없는 적대감이 치밀어 올랐다. 무린 사람[+]처럼 피부가 새까만 그자는 카라반 대열의 맨 뒤에서 까마귀 색깔의 말을 타고 가면서 다니엘의 등을 창으로 찌르며 길을 재촉했다.

매번 상처가 날 때마다 다니엘의 마음속에는 그에 대한 복수심이 불타올라, 힘만 있다면 이 야만인을 덮쳐 죽여버리고 싶을 정도였다. 그런데도 길 가는 내내 높은 안장에 앉아서 다니엘을 괴롭히는 이 젊은 에티오피아인은 눈을 번득이며 새하얀 이를 갈아대면서 창끝으로 계속 다니엘을 찔러댔다.

마침내 다니엘은 야만인들의 거주지에 당도했다. 그곳엔 천막들이 넓게 펼쳐져 있었고, 크고 작은 가축 떼가 있었다. 그들이 말에서 내리자, 천막 속에서 여인과 아이들이 우르르 달려 나와 일부는 말과 낙타를 넘겨받아 안장을 벗겼고, 다른 일부는 솥에 수수를 끓였다.

이제 식사 시간이 되었다. 그들은 다니엘에게도 익힌 수수

[+] 흑인을 말하며 보통 에티오피아인을 지칭한다. 때로 무린 사람은 악령을 일컫는 말로 나타난다. 예를 들어 성경의 『예레미야서』 46장 9절.(저자 주)

를 담은 우엉 잎을 건네주고는 자기들끼리 이야기를 주고받았다. 내일이면 이 거주지를 떠나 다른 곳으로 이동해야 한다는 것이었다. 더위 때문에 이곳의 풀들이 다 말라비틀어져 가축이 굶어 죽고 있었기 때문이다.

오랜 기간 야만인들 사이에 살았던 다니엘은 그들의 대화를 알아듣고 생각에 잠겼다. '내일 이자들이 나를 또다시 걸리어 끌고 간다면, 더 이상 갈 수가 없다. 차라리 칼이나 창으로 나를 죽여달라고 해야겠다.'

그러나 밤사이 사정이 달라졌다. 다니엘을 괴롭힌 바로 그 흑인 야만인이 무서운 열병에 걸리는 바람에 그자의 아내가 손으로 차가운 점토를 파내어 그의 이마에 대어주어야 할 상황이 된 것이다. 그러자 다른 사람들이 말했다.

"천막 하나를 남겨두어 이곳에 이들과 포로를 머물게 합시다. 포로는 발에 족쇄를 채워서 이들의 시중을 들게 하고, 여자는 남편이 회복될 때까지 돌보게 합시다."

다니엘은 상처가 조금이라도 아물 때까지 쉴 수 있다는 사실에 기뻐했다.

이리하여 카라반은 다시 길을 떠나면서 있던 곳에 천막 하나를 남겨놓았고, 그와 함께 말과 낙타, 당나귀, 그리고 다니엘을 잘 결박하여 남겨두었다. 다니엘은 두껍고 무거운 장작에 연결된 족쇄가 다리에 채워져 있어 움직이기가 여간 힘들지 않았다.

그리스도인 중에도 무지한 사람들이 그랬긴 했지만, 야만인들 사이에는 유난히 미신을 믿는 사람들이 많았다. 그런 사람들은 신을 믿는다고 하면서도 어떤 징조들에 민감하여 자기 식대로 그 징조들에서 사물의 원인을 끌어내길 좋아하는 법이었다. 야만인의 아내는 꿈에서 다니엘이 자기들에게 불행을 가지고 오는 것을 보았는데, 그 꿈 이야기를 남편과 아이들에게 해주었고, 그러자 그들은 모두 합심하여 더욱더 잔인하게 다니엘을 괴롭히기 시작했다. 그러더니 급기야 야만인 여자가 자기 남편에게 다음과 같이 말하는 것이었다.

"저자가 이 세상에서 목숨을 유지하는 것은 당신이 살아 있는 동안뿐이에요. 만약 당신이 죽으면, 당신에게 약속하지만, 우리에게 불행을 안겨준 저자를 내 손으로 죽인 후에, 당신의 발밑 모래에 묻어버릴 거예요. 그것으로 당신을 위한 복수를 할 거예요."

이 말을 들은 다니엘은 이제 어떻게 해야 할지 생각했다. 그러나 생각할 시간이 거의 없었다. 이미 그의 턱밑까지 다가온 칼이 그 양날을 갈아대듯, 하루가 더 지나자 환자의 상태가 더욱 나빠진 데다 천막엔 물까지 부족했다. 오직 환자에게만 물을 조금씩 주었을 뿐, 에티오피아 여자는 자기도 물을 마시지 않았고, 다니엘에게도 물을 주지 않았다. 그러나 아무리 노력해도 저녁 무렵이 되자 마지막 물 항아리까지 거의 바닥을 드러내고 말았다. 그렇다고 물을 길러 다니엘을 보낼 수는 없

양심적인 다니엘에 관한 전설

었다. 도망칠 수도 있는 데다가 그는 우물이 어디에 있는지 몰랐던 것이다. 결국 에티오피아 여자 자신이 갈 수밖에 없었다. 그녀는 주둥이가 넓은 유약 항아리를 어깨에 메고, 젖먹이 사내아이를 등에 둘러메고는 우물을 향해 길을 떠났다. 하지만 천막에서 우물까지는 반나절이나 되는 거리였다. 그녀는 당나귀에 빈 가죽 부대를 싣고, 가죽 부대 뒤쪽 당나귀의 엉치뼈 부분에 큰 딸을 앉혀서 데리고 갔다. 이제 다니엘은 천막에 혼자 남아 말과 낙타를 돌보고, 병든 야만인이 몸을 돌릴 수 있도록 도와주어야 했다. 그러나 환자는 폭염에 어찌할 바를 모르고, 아무 이유 없이 화를 내면서 다니엘에게 아무 일이나 마구 시켜댔다. 다니엘이 한 가지 일을 끝내기도 전에 또 다른 일을 시켰다. 다니엘은 낙타와 말을 돌보았고, 온통 땀으로 뒤덮인 에티오피아인의 얼굴에 성가신 황색 파리들이 앉지 못하도록 갈대 잎사귀로 부채질을 하여 쫓아내었다. 또한 천막의 천을 위로 젖혀놓은 천막 한쪽 구석의 달구어진 돌들 위에다 그에게 줄 수수밀가루 빵을 구웠다. 하지만 팔레스타인의 폭염은 병자는 말할 것도 없고 건강한 사람도 견디기 힘들 정도였다. 에티오피아인은 계속 물을 찾았고, 급기야 마지막 남은 물까지 다 마시고 나자, 다니엘이 물을 다 마셔버렸다고 우기기 시작했다.

격분한 야만인은 몸을 있는 대로 펼쳐 벌겋게 달구어진 돌 하나를 집어 들더니 그 뜨거운 돌을 그대로 다니엘의 얼굴에 던졌다. 그 돌에 맞은 다니엘이 고통을 참지 못하고, 즉시 다른 돌을 집어 들어 있는 힘껏 에티오피아인의 머리를 향해 던졌다. 그는 소리도 지르지 못하고 그대로 꼬꾸라지더니 팔다리를 쭉 뻗었다. 다니엘이 그를 일으켜 보니 그의 혀가 이에 물려 있었고, 툭 불거져 나온 눈알 하나가 정수리 혈관에 흔들흔들 걸린 채 다니엘을 보고 있었다.

에티오피아인이 죽었다는 것이 확실해지자, 다니엘이 생각했다. '에티오피아 여자가 돌아오기 전에 도망가지 않으면, 이제 나는 죽은 목숨이다!'

비록 여자일지라도 다니엘은 그녀가 두려웠다. 발이 묶여 있어 자신을 방어하기가 쉽지 않았기 때문이었다.

그는 족쇄를 한 돌 위에 올려놓고 다른 돌로 고리 부분을 내리쳤다. 그러자 족쇄가 쪼개지면서 거기에 연결되어 있던 무거운 장작나무가 헐거워져 발을 뺄 수가 있었다. 그런 다음 그는 무엇보다 먼저 칼로 낙타를 찔러 죽이고 낙타의 배에 고여 있던 물을 빼내었다. 물은 탁하지는 않았지만, 타액처럼 끈적거렸다. 어쨌거나 다니엘은 그 물을 실컷 마신 후에, 야만인의 말을 타고 광야 쪽으로 달려갔다. 그는 자신의 감각에 의지하여 분명히 그리스도인의 영토가 있다고 생각되는 방향으로 말을 몰았다.

다니엘은 뜨거운 평원을 따라 저녁이 될 때까지 온종일 달렸다. 말을 아낄 생각도, 무언가를 먹을 생각도 하지 않았고, 줄곧 불안한 마음에 사로잡혔다. 이 방향으로 가면 될까, 어디로 가야 할까? 밤이 되어 별이 총총해지자 다니엘은 고개를 들어 하늘의 렘판 별자리*를 보며 따져보았다. 그리스도인 영토로 이어진 국경이 어디에 있을 것인가? 그런데 그 순간 그가 타고 있던 늠름한 아라비아의 말이 프루루 소리를 내고는 휘청하더니 바닥으로 꼬꾸라졌다. 그 바람에 다니엘의 종아리 부분이 말 밑에 깔렸다.

가까스로 빠져나온 다니엘은 말을 일으켜 세우기 위해 고삐를 잡아당겨 보았으나, 말은 일어서지 못했다. 말의 머리 쪽에서 몇 발짝 떨어진 다니엘의 눈에 기진맥진한 말의 큰 눈이 들어왔는데, 그 눈에 밝은 달그림자가 보였고, 또 그 속에서 한 형제가 다른 형제를 죽이는 장면이 보였다.

다니엘은 이제 말이 더 이상 일어날 수 없다는 것을 깨닫고, 걸어가기 시작했다.

그는 거의 밤새도록 걷다가 잠깐 눈을 붙인 후, 동이 틀 무렵 다시 일어나 한낮의 더위가 시작될 때까지 걸었다. 그런데 갑자기 말 아래 깔렸던 종아리에 통증이 느껴지면서 피곤, 갈증, 허기로 온몸에 힘이 빠져나가는 것이 느껴졌다.

그는 사력을 다해 더 걸었지만, 점점 힘이 빠지면서 더 이상 다리가 움직이지 않았다. 눈도 정신도 모든 것들이 온통 침

---

* 광야에서 유목하던 이스라엘 민족이 숭배하던 별자리 혹은 별의 신을 말하며, 토성을 가리킨다. 성경의 『아모스서』 5장 26절과 『사도행전』 7장 43절 참조. 한국어 성경에는 '레판'으로 표기.

침해지더니, 그대로 의식을 잃고 몇 시간인가 쓰러져 있다가 어느 순간 한기가 느껴져 눈을 떠보니, 머리 위에 램판 별자리가 보였고, 다른 모든 별들은 아라비아 밤하늘의 짙은 파란색 속에 잠겨 있었다.

다니엘은 손과 발을 움직여보았으나, 발도 손도 말을 듣지 않았다. 단지 한 가지 기억만이 또렷할 뿐이었다. 다니엘은 자기가 어디에서 도망쳤고, 또 어디로 가려고 했는지 기억났다. 그리고 첫 번째와 두 번째 포로 생활이 어떻게 지나갔는지, 그리고 마지막 세 번째 포로 생활이 얼마나 힘이 들었는지 생각났다. 처음 포로 생활을 할 때 그는 사람들에게 무엇이 올바른 삶인지 가르쳐줄 수 있었지만, 그것을 마다하고 그들을 떠났다. 그리고 두 번째는 서로에 대한 신뢰를 잃고 말았다. 그리고 세 번째는 사람들이 그를 모질게 대했고, 모든 상황이 안 좋게 돌아가더니 급기야 그는 돌로 야만인을 때려죽이고, 칼로 낙타를 베어 죽인 데다가 남의 말을 지쳐 죽게 만들고는, 이제 그 자신이 맹수에게 찢겨 죽임을 당하거나, 또 다른 야만인을 만나 다시 포로로 잡힐 처지에 처한 것이다. 게다가 그곳에서 그 에티오피아 여자가 천막으로 돌아와 남편이 살해당한 것을 보면, 그녀의 고통은 얼마나 클 것이며, 가슴을 치면서 자신을 과부로, 또 아이들을 아버지 없는 자식으로 만든 그에게 얼마나 심한 저주를 퍼부을 것인가……. 그런데 갑자기 그 에티오피아인이 그의 앞에 누워 이전 모습 그대로 손과 발을 쭉 뻗은 채 튀어

나온 눈알로 다니엘을 흘겨보고 있는 게 아닌가. 다니엘은 그 시선이 너무도 소름 끼치고 무서워서 급히 눈을 감았지만, 검은 에티오피아인의 모습이 머릿속에서 떠나지 않았다. 그는 위협을 하지도, 욕을 하지도, 또 자기 아이들을 그리워하지도 않고 단지 조용히 입을 움직일 뿐이었다.

'나한테 무슨 말을 하는 건가?' 다니엘이 이런 생각을 하자, 그 마음속에 에티오피아인의 소리가 들려왔다.

"여보게, 이제 나는 자네 속에 살고 있다네."

그런 후에 다니엘은 다시 의식을 잃었고, 다시 몇 시간인가 지난 후 깨어났을 때는 저녁놀이 지고 있었다. 그가 제일 먼저 느낀 것은 그와 함께 그의 내부에 있는 에티오피아인도 깨어났다는 것이었다.

다니엘은 자기가 왜 에티오피아인을 죽였는지 생각해보았다.

'만일 이것이 하느님의 영에 거슬리는 일이 아니라면, 내 안의 영혼이 병들지 않았을 것이고, 또 검은 에티오피아인이 이렇게까지 내 양심에 걸리지 않았을 것이다. 하느님의 계명은 확실하다. 〈살인하지 말라〉는 것이다. 계명은 〈너의 친구는 살해하지 말고, 너의 적은 살해하라〉고 말하지 않고, 단순히 〈살해하지 말라〉고 말하고 있다. 그런데 난 그것을 어기고 사람을 죽인 것이다. 이런 내 죄를 어떻게 씻을 수 있을 것인가. 나는 다른 사람들에게 모든 사람들이 형제라고 가르쳐놓고, 내 스스로는 냉혈한처럼 행동했다. 그야말로 짐승처럼 포악해져서는 악에 맞선다고 하면서 더 많은 악을 행하지 않았는가. 살인을 저질렀고, 남의 것을 탈취한 데다가, 멀쩡한 것을 황폐케 했고, 한 사람의 아내를 과부로, 또 그 아이들을 아버지 없는 자식으로 만들어버리지 않았는가……. 그로 인해 지금 나는 죄의식에 시달리면서 나를 따라다니는 박해자가 내 안에 있다는 것을 느끼고 있지 않은가. 어서 일어나 도망쳐 나왔던 그 광야로 다시 돌아가자. 그리고 그 야만인의 천막을 찾아가 그 과부와 아이들에게 살인에 대해 용서를 구하고, 내 자신을 그녀의 뜻에 맡기자. 만일 그녀가 나를 노예로 삼기를 원하면, 평생 동안 그녀와 그녀의 아이들을 위해 헌신할 것이고, 또 만일 내가 남편을 살해한 것에 대해 형벌을 받기를 원한다면, 그들이 원하는 것이 무엇이든지 다 받아들이자.'

이렇게 다짐한 후에 다니엘은 몸을 일으켜 반대 방향을 향해 후들거리는 다리를 옮겼다. 그러자 그와 함께하는 에티오피아인이 말했다.

"가라, 다니엘, 노예가 되든지, 형벌을 받든지, 머뭇거리지 말고 어서 가라. 그러지 않으면 너에게 더 나쁜 일이 생길지도 모른다. 너는 사람을 죽이고, 그의 소유물을 탈취하고, 그의 아내를 과부로, 그의 아이들을 아버지 없는 자식으로 만들지 않았는가. 무슨 말로도 변명할 생각을 하지 마라. 살해를 해도 된다고 허락받은 사람은 아무도 없기 때문이다."

다니엘이 조금 더 길을 가자 그가 몰았던 야만인의 말 시체가 나왔는데, 그 위에 독수리들이 앉아 내장을 뜯어먹고 있었다.

하지만 아무리 걸어가 보아도 천막도 낙타도 보이지 않았다. 몸에서 힘이 다 빠져나가는 게 느껴지면서 사막의 흔적이나 특징 같은 것들도 전부 시야에서 벗어나기 시작했다.

곧이어 다니엘의 눈에 그의 주변으로 자줏빛 백합과 흰 백합들이 피어 있는 것이 들어왔고, 그 사이로 사람과 낙타의 흔적들이 이리저리 평원을 따라 사방으로 교차되면서, 온 천지에 빛이 반짝이는가 싶더니, 회오리바람이 휘몰아치는 것이 보였다. 그런 가운데 그의 영혼 깊숙한 곳에서 흑암이 일어 모든 것을 뒤덮는 듯하더니, 예의 그 에티오피아인이 무슨 덩어리인 양 그를 안아 바람에 날리는 뜨거운 재 가운데 쓰러뜨리고 그 자신은 그 속에 누워 잠드는 것이 아닌가…….

'오, 슬프도다!' 다니엘이 생각했다. '이것이야말로 내 육신에 임한 어둠의 영이 아닌가! 어떻게 그를 피할 것인가?'

하지만 피할 길은 생각나지 않았고, 한참이 지난 후에 다니엘은 다시 눈을 떴지만, 눈을 뜨고서도 오랫동안 자기가 어디에 있는지 알 수가 없었다. 대기 중에는 끓는 듯한 더위가 느껴졌고, 하늘에는 이글거리는 태양이 불을 뿜어내고 있었지만, 그는 햇볕으로부터 보호되어 있었다. ―누군가 그를 그늘로 옮겨놓은 것이다.— 그는 어떤 제방 아래 마른 갈대 위에 누워 있었다. 돌담으로 둘러싸인 제방은 시원했고, 노란 호박 덩굴이 돌담을 따라 뻗어 있었다. 그의 눈 바로 앞에는 잘린 듯 가파른 하얀 석회암이 있었고, 그 안으로는 석회암 동굴로 들어가는 좁다란 입구가 있었는데, 입구 곁에 한 노인이 무릎을 꿇고 앉아 손수 광주리를 짜고 있었다.

다니엘이 깬 것을 눈치챈 노인이 다정한 목소리로 말을 붙였다.

"자네를 살려주신 주님께 감사하게. 곧 마실 물을 주겠네."

다니엘이 물었다.

"당신은 누구십니까, 노인장?"

"나는 '죄인'이라고 하네." 노인이 대답했다. "괜한 이야기로 힘쓰지 말고 일단 기운을 차리게. 이야기는 그다음에 하도록 하고. 일단 자네가 있는 곳은 그리스도인들이 사는 성산 시나이라는 것을 알아두게. 그리고 여긴 내가 지난 40년간 살아온 내 동굴이네. 웬 그리스도인 카라반이 자네를 이곳으로 데리고 왔지. 햇볕을 너무 많이 쐬어 거친 사막에서 의식을 잃고 쓰러져 있는 자네를 싣고 왔다더군."

다니엘은 기운을 차리자 은자에게 그간 있었던 일을 하나도 숨김없이 다 이야기하면서 자신의 슬픔과 고민을 털어놓았다. 그리고 살인으로 인한 양심의 가책이 얼마나 심한지 이야기하면서 노인에게 조언을 구했다. 하지만 노인은 이렇게 말했다.

"난 평범하고 가련한 죄인에 불과하다네. 자네에게 조언을 하려면 많은 지식이 필요할 터인데 나에겐 그런 지혜가 없네. 그래서 지금 총주교가 우리같이 못 배운 사람들을 계몽시키려고 하는 중이지. 알렉산드리아의 티모테오스에게 가보게나. 그는 지위가 높은 사람이니까 무슨 일이든 처리할 줄 알 걸세."

다니엘은 일어나 알렉산드리아를 향해 먼 길을 떠났다. 그 당시 그곳에는 티모테오스 아일루로스[+]가 총주교직에 앉아 있었다.

다니엘은 총주교를 찾아갔다.

그 당시 비잔티움과 로마 교황 사이에 있었던 종교적인 논쟁으로 인해 분주했던 총주교는 외지에서 온 불쌍한 다니엘의 이야기를 들은 후에 입을 열었다.

"무엇 때문에 그대는 자신을 괴롭히고 또 쓸데없이 아무것도 아닌 일을 가지고 우리를 성가시게 하는가. 그대는 강제로 노예 생활을 하였고, 또 세례도 받지 않은 야만인을 죽였다는 사실은 전혀 죄가 될 것이 없다."

"하지만 저는 양심의 가책으로 고통스러워하고 있습니다. 또한 복음서에 누구든지 살인을 해서는 안 된다고 나와 있는 것을 기억하고 있습니다."

[+] 엉덩이가 들썩거리는 사람, 변절자라는 의미. 그는 그리스도 단성론자였지만, 상황에 따라 자신의 견해를 달리했다.(저자 주)

"야만인에 대한 살해는 거기에 해당되지 않는다. 그것은 사람을 죽이는 것과는 다른 문제이고, 짐승을 죽이는 것과 같은 일이다. 만일 그대가 그 책임이 두렵다면, 도망자를 위한 성전으로 가라."

그러나 다니엘이 원한 것은 그것이 아니었으므로 티모테오스의 말은 그에게 위안이 되지 못했다.

'어쩌면 그분이 참된 그리스도의 가르침을 따르지 않는다는 사람들의 말이 옳을지도 모르겠다. 좀 힘이 들더라도 로마의 교황에게로 가보자. 그는 아마 생각하는 바가 달라서 내가 할 일을 가르쳐줄 것이다.'

로마에 도착한 다니엘은 교황을 알현할 수 있는 허가를 받았다. 그때 막 비잔티움으로 떠날 채비를 하던 교황은 이전에 수용 불가능이라고 선언한 것에 대해 어떤 식으로 수용 가능하다고 동의를 표시할 것인지 골몰하고 있던 중이었다.

다니엘의 말을 다 들은 후에 교황이 말했다.

"알렉산드리아의 총주교가 그대에게 한 말이 옳다. 나는 다른 문제에 관해서는 그와 의견을 달리하지만, 이 문제에 대해서는 동의한다. 야만인을 죽이는 것은 성경이 금한 것과는 다른 문제이다. 평안히 돌아가라."

"성은에 감사드립니다. 하지만 은총을 베푸시어, 그리스도의 복음서 어디에 그런 말이 나오는지 말해주시기 바랍니다."

"그런 것이 그대에게 왜 필요한가? 감히 교황을 믿지 못하겠다는 건가!"

"용서하십시오." 다니엘이 대답했다. "당신의 말씀을 들은 내 귀는 당신을 믿고 싶어 하지만, 제 양심이 받아들이질 않습니다. 살해한 순간부터 제 양심은 흑암과 같은 에티오피아인에게 사로잡혀 있습니다. 그리하여 도저히 마음의 평안을 얻을 수가 없습니다."

그러자 교황은 다니엘에게 화를 내면서 당장 사라지라고 명령했다.

다니엘은 물러났지만, 여전히 마음의 평화를 느낄 수가 없었다. 그의 양심은 처음 사막에서 했던 말을 이전처럼 똑같이 반복할 뿐이었고, 교황도 총주교도 그의 양심에 붙어 있는 에티오피아인을 씻어주지 못했다.

'이 일을 그냥 이대로 두어서는 안 된다.' 다니엘이 생각했다. '이 두 성직자 분들은 지금 다른 일, 서로 상대방을 논박하려는 생각으로 매우 바쁜 상태이다. 하지만 그들 외에 또 다른 총주교들이 있으니까, 그들은 어쩌면 다른 말을 할지도 모른다. 내 자신도 나를 어떻게 처리해야 할지 모르니, 아무리 힘이 들더라도 에페수스와 예루살렘, 콘스탄티노플, 안티오크의 총주교들을 모두 찾아가 보자. 보좌에 앉은 총주교들 중 누군가는 나에게 가르침을 주어서 나를 괴롭히는 이 에티오피아인을 씻어줄 사람이 있을 것이다.'

에페수스에 가서 그곳 총주교를 알현한 다니엘은 야만인을 살해한 일과 그 일에 대한 알렉산드리아의 총주교와 로마 교황의 답변을 말해주며, 엎드려 그에게 간구했다.

"거룩하신 총주교님, 저를 긍휼히 여기시어 제 양심의 고통을 치유할 방법을 저에게 말씀해주십시오. 교황도, 신성하신 티모테오스도 당신에게 명령을 할 수는 없습니다. 당신은 당신 스스로 하느님의 비밀을 통찰할 수 있는 신적 지혜로 가득 차신 분입니다. 당신의 예지의 물방울로 미천한 저의 이성을 적셔주시어, 제가 어떻게 해야 할지 알려주십시오."

그러자 에페수스의 총주교가 대답하는 말이, 물론 자기는 티모테오스나 교황의 지혜를 빌리지 않고도 사물의 신비를 꿰뚫어볼 수 있는 혜안을 가지고 있지만, 다니엘의 경우에는 자기 역시 티모테오스와 교황의 생각에 동의할 수밖에 없다고 했다. 즉 야만인을 죽인 것은 그리스도의 가르침에 전혀 위배되지 않는다는 것이었다.

"그렇다면 제가 확인만이라도 할 수 있게 해주십시오. 과연 그리스도의 말씀 어디에 그 말이 있는지 보여주십시오."

에페수스의 총주교는 그것을 보여주지는 않고 다음과 같이 말했다.

"그 이상 필요한 게 무엇이 있겠나, 그대같이 무지한 사람에게 말일세."

그리고는 더 이상 다니엘과 대화하려 않고, 이전 사람들처럼 그를 내보내며 평안을 빌어줄 뿐이었다.

다니엘은 콘스탄티노플과 예루살렘과 안티오크에도 찾아가 그곳의 총주교들에게 자신의 양심의 문제를 고백했다. 그러자 그들은 모두 다니엘과 전혀 상관없는 다른 문제들에 관해서는 각자 의견을 달리했지만, 다른 신앙을 가진 사람을 죽인 문제에 관해서는 한결같이 같은 의견이었다. 그들은 다른 사람을 괴롭힌 타종교인을 죽인 것은 전혀 죄가 아니므로, 다니엘은 자신이 야만인을 죽인 것에 관해 전혀 괴로워할 필요가 없다고 말했다.

"하지만 나를 따라다니는 이 에티오피아인을 어떻게 해야 합니까! 내 양심 속에 살고 있는 에티오피아인이 얼마나 시꺼멓고 악취가 나는지 당신들은 모르십니다."

이렇게 말하는 다니엘에게 그들이 대답했다.

"그 에티오피아인을 씻어버릴 생각은 그만두게. 그건 밑 빠진 독에 물 붓기나 마찬가지니까."

더 높은 지위의 성직자들을 몰랐던 다니엘은 슬픈 마음을 안고 자기가 태어난 도시로 가서, 그곳의 영주에게 살인에 대한 재판을 청구하기로 결심했다.

그날 밤 잠자리에 든 다니엘은 선잠 상태에서 자신의 양심을 보았다. 이제 그것은 에티오피아인처럼 그렇게까지 검지 않았고, 에티오피아 여자와 그리스인 사이에 태어난 어린아이같이 가무잡잡하게 보였다.

고향에 도착한 다니엘은 친척을 찾아볼 생각 따위는 안중에도 없이 영주의 시동 중에 누구라도 만나게 되면, 영주의 면전에 자기를 데려가 달라고 부탁할 요량으로 영주의 성 근처를 어슬렁거렸다.

시동들은 아직 잠에서 깨어나지 않은 상태였다. 영주의 요리사가 다니엘을 보고 소리쳤다.

"이 게으름뱅이 같으니! 뭐하려고 여기서 어슬렁거리는 거야. 보나마나 놀다가 지치고 배가 고파 영주의 부엌 아궁이에서 나는 냄새나 맡으려고 이곳을 찾아온 게 분명해! 여기엔 당신 같은 작자가 먹을 거라곤 아무것도 없네!"

다니엘이 대답했다.

"나는 아궁이 냄새나 맡으며 맛있는 것을 찾아다니는 그런 사람이 아니오. 나는 내 육신의 배 따위는 전혀 신경 쓰지 않는 사람이라오. 만약 내가 암흑과 같은 무지 속에서 살이나 찌우는 새처럼 먹을 것에 신경을 쓰는 사람이라면, 내 다리로 이렇게 먼 길을 걸어오지는 않았을 것이오."

요리사는 이 사람이 혹시 마르티안 사제일지도 모른다는 생각이 들었다. 여자들을 피해 이 년 동안 백육십네 개의 도시를 돌아다녔지만 그래도 끊임없이 여자들에게 시달렸던 그 사람 말이다. 그래서 그는 자기 앞치마를 어깨 뒤로 던져버리고 거품을 거둬내던 숟가락을 내려놓고 말했다.

"그렇다면 내가 그대에게 맛좋은 국물에 잘 익은 고기 한 덩이를 잘라 줄 테니, 얼른 먹고 이야기나 한 수 해주쇼. 그대가 그대를 좇는 여자들을 피해 어떻게 도망을 갔는지, 또 여자들이 그대를 어떤 식으로 유혹을 했는지 말이오."

다니엘은 자기는 국물도 고기도 원하지 않으며, 여자들이 자기가 사는 것을 방해한 적도 없다고 대답했다.

"그래, 그러면 원하는 게 뭐요, 뭐하러 이곳에 온 거요?"

"난 사람을 죽이고 그로 인한 양심의 가책으로 괴로워하고 있다오. 그래서 벌써 총주교들과 교황을 전부 찾아다니면서 참회를 했소."

"그래요, 그렇게 많은 성지들에 가보았다니, 당신은 운이 좋은 사람이군. 이런 아궁이 근처에서 맴돌고 있는 나처럼 불행한 사람과는 달리 말이오. 원한다면 내가 홍조 날개 고기 한 점을 드릴 테니, 총주교들과 교황이 당신에게 무슨 말을 했는지 어서 내게 이야기 좀 해주쇼."

"그들은 내게 살인에 대한 죄가 없다고 말했다오. 하지만 내 감정은 그렇지가 않구료. 그래서 지금 이렇게 영주에게 온 거라오."

"그렇다면 당신은 괜한 짓을 한 거요." 요리사가 말했다. "나는 천성이 온갖 것에 호기심이 많은 사람이오. 그래서 당신에게 단도직입적으로 말하리다. 성 '마르코'의 성상을 지닌 총주교의 용서가 당신의 마음에 들지 않았는데, 그런 당신에게 영주가 해줄 수 있을 것이 뭐 있을 것 같소? 영주는 살인을 범한 당신을 용서하지 않을 거요."

"내가 바라는 게 바로 그런 것이오."

다니엘이 대답했다.

"그럼 당신은 사형당하기를 원하는 거요?"

"나는 내 죗값을 달게 받고자 하는 거요. 그래서 내 영혼이 죄를 씻고 깨끗해지기를 바랄 뿐이오."

"그것 참 재미있는 일이군. 이곳엔 영주가 백성의 죄를 가리는 재판소가 있소. 여기서 이 과자나 좀 드시고 계시오. 영주의 시동들을 깨워서, 언제 영주가 당신 일을 판결할지 알아보고 오리다. 영주가 당신을 나무에 달게 할지, 아니면 짐승들 우리 속에 처넣으라고 명령할지 말이오."

요리사가 달려가 영주의 시동들에게 다니엘에 관한 말을 전하자, 그들이 와서 다니엘을 잡아 옥졸에게 건네주었다. 그리고 영주가 사람들을 재판하면서 그를 부를 때까지 잘 감시하도록 명령했다.

다니엘은 목에 무거운 칼이 채워진 채 감옥에 던져졌다. 오랜 기간 동안.

다니엘은 감옥에서 영주의 재판을 기다리고 또 기다렸다. 하루 이틀도 아니고, 몇 달도 아니고, 수년을 그렇게 기다렸다. 그 기간 내내 영주는 사냥을 가기도 했고, 출정을 하기도 했으며, 또 연회를 베풀거나 격투장을 돌아다녔다. 그러다 어느 날 마침내 그가 수도로 돌아왔고, 모든 것이 지루해지자, 그의 판결을 기다리는 죄수들을 만나봐야겠다는 생각이 들었다. 영주는 성에서 나와 재판석에 앉았고, 시동들이 죄인들을 한 명씩 그에게 이끌고 나와 누가 무슨 죄를 범했는지 고하기 시작했다.

영주는 모든 죄수들을 판결하면서, 누가 누구에게 돈을 지불해야 하는지, 누가 어떤 죄 때문에 어떤 식으로 형벌을 받아야 하는지 명하였다. 다니엘의 차례가 되자 시동들이 그에 관해 말했다.

"지금 보시는 이 늙은이는(다니엘은 그사이 이미 노인이 되었다.) 영주님께 재판을 받겠다고 스스로 자진하여 왔습니다. 그는 자기가 사람을 죽였다고 말하고 있습니다. 하지만 그가 언제 누구를 죽였는지는 오직 영주님께만 밝히겠다고 합니다."

누군가를 죽이기는커녕 제대로 힘 한번 못 써볼 정도로 이미 늙고 쇠약한 다니엘을 보고 영주는 무슨 일인지 궁금했다.

그러자 다니엘이 입을 열었다.

"제가 이렇게 늙은 것은 저의 죄 때문입니다, 영주님. 오랜 세월 동안 저의 양심에 붙어 다니는 에티오피아인이 저를 이렇게 쇠잔하게 만든 것입니다. 하지만 제가 살인을 저질렀을 당시만 해도 아직 젊었지요. 영주님께 모든 걸 다 말씀드릴 테니, 제가 바로 어제 죄를 지은 것처럼 저를 판결해주십시오."

"좋다." 영주가 말했다. "그대에게 약속하지."

다니엘은 영주에게 모든 사실을 다 이야기하고, 또 그가 총주교 모두를 찾아간 것은 물론, 교황에게까지 갔던 일과 그들이 자기에게 한 말까지도 덧붙여 말하였다.

"무어라고? 그 모든 말에도 불구하고 정말 그대의 마음이 편해지질 않았나?"

영주가 물었다.

"그렇습니다. 오히려 제 마음은 더욱더 무거워지기만 했습니다."

"왜 그랬지?"

"왜냐하면 영주님, 저에게 이런 생각이 들었기 때문입니다. '인간의 판단으로 인해 우리 눈에 비친 그리스도의 말씀이 가려지면, 사람들 사이에서 정의는 사라질 것이다. 그렇게 되면 그리스도의 사랑의 원리를 아는 것이나 모르는 것이나 무슨 차이가 있을 것인가?' 저는 그런 유혹에 빠지는 것을 두려워하여 더 이상 성직자들의 판결을 구하지 않고, 당신 앞에 서서 살인죄에 대한 형벌을 구하고 있는 것입니다."

이 말과 함께 다니엘은 영주의 앞에서 온몸을 바짝 땅에 대고 엎드렸다.

다니엘을 유심히 바라보던 영주는 다니엘의 눈에 어린 고통스러운 슬픔의 눈물을 보며 대답했다.

"노인장, 참으로 난감한 일이군. 그대의 얼굴에 나타난 것을 난 오랫동안 보지 못했다네. 그대는 선한 양심을 가진 사람인데, 내가 보기에 그런 양심을 갖고 산다는 것은 쉽지가 않은 것 같군. 내가 그대를 도울 수 있다면 좋겠지만, 총주교들의 판결을 내가 취소할 수는 없을 것 같네. 하지만 영주로서 드는 생각을 몇 가지 말해보겠네. 만일 그대가 내 영지의 사람이나 신성한 우리의 믿음을 가진 사람을 죽였다면, 내 그대를 벌금형 아니면 사형에 처했을 것이지만, 그대가 우리의 적이며 원수인 야만인을 죽였으니, 내 어찌 그대를 재판할 수 있겠는가! 말해보게, 국경을 넘어와 우리 영토를 습격하는 것이 바로 그들이 아니며, 또 우리의 가축과 사람들을 약탈해가는 자들이 바로 그들이 아닌가? 우리가 어떻게 그런 자들을 불쌍히 여길 수 있겠는가? ······내 생각에 그대가 그런 야만인 가운데 한 명을 죽인 것은 잘한 일일세. 만약 자네가 야만인 일곱 명을 죽였다면 훨씬 더 훌륭한 일이었을 것이고, 그러면 그 공로로 내게서 더 많은 칭찬을 받았을 걸세."

영주의 이 말에 다니엘은 가슴에서 생기를 느꼈다.

"오, 영주님! 약탈당한 가축에 관한 말씀은 잘하셨습니다. 그렇지만 잊어버린 그리스도에 관해서는 잘 모르시는 것이 슬프군요. 검을 쓰는 자는 검으로 망하는 법, 영주님 자신도 검으로 파멸할 수 있습니다."

그리고 다니엘은 갑자기 열정적으로 원수에 관한 그리스도의 가르침을 전하기 시작했다. 그러자 영주는 놀랍게도 고개를 떨군 채 끝까지 그의 말을 들은 뒤 마침내 입을 열었다.

"가시오, 사제여. 옳은 말이오만, 우리에겐 어울리지 않소. 우리의 신앙은 힘을 요구하고, 또 두려움을 통해서만 유지되니까."

이렇게 말한 후 영주는 다니엘을 보지 않고 일어나 자기 성으로 돌아가면서, 시동들에게 다니엘을 잘 먹이고, 입을 옷을 준 후에, 원하는 곳으로 가게 해줄 것을 명령했다.

그러나 다니엘은 영주에게 감사의 말을 전하면서도 음식에는 손도 대지 않았고, 또 옷도 받지 않았다. 그는 도시로 들어가지 않았다. 도시 사람들은 하나같이 침몰하는 배에 탄 사람들처럼 온갖 걱정으로 가득 차 있었기 때문이다. 그는 긴 윗도리 하나만 걸친 채 그냥 그대로 도시를 떠났다.

얼마나 걸었을까, 그는 외따로 떨어져 인적이 없고 높이 솟아오른 장소에 다다랐다. 그의 앞에는 광활한 평원이 펼쳐져 있었다. 이곳에 오자 다니엘은 로마나 비잔티움, 영주의 재판소에 있을 때보다 마음이 편해짐을 느꼈다. 그러자 그의 삶이 그의 눈앞에서 마치 광장을 질주하는 사람처럼 빠르게 지나갔다. 그간의 모든 삶이 처음부터 눈앞에 펼쳐졌다. 그가 용기 있게 어머니의 품을 떠날 때부터 지금 이렇게 탈진한 상태에 이르기까지 모든 과정들이 떠올랐다. 그리고 그를 놀리는 듯 이런 소리가 들려왔다. 그의 모든 근심거리는 아무것도 아니라는 것이었다. 종교가 다른 타국 사람을 그가 죽였다고 비난하는 사람은 아무도 없고, 오히려 모두 그에게 박수를 치고 있지 않은가. 그러나 그럼에도 불구하고 에티오피아인은 자기 자리를 고수하고 있었다. 그는 이제 아주 작은 빛만을 비출 뿐이었지만, 여전히 예전처럼 그 속에 앉아 있었다.

"어떻게 이렇게 무자비할 수가!" 다니엘은 자기 가슴을 치며 외쳤다. "나는 너를 데리고 안 가본 데가 없고 또 아무에게도 너를 숨기지 않고 다 보여주었는데도, 흉측한 너를 내게서 씻어줄 방법을 내게 말해준 사람은 아무도 없었다. 그런데도 너는 내게 무엇을 더 원하는가?"

에티오피아인이 그에게 대답했다.

"다니엘, 자네는 장님일세. 불쌍한 사람 같으니! 어떻게 자네는 그 많은 세월 동안 그걸 깨닫지 못한단 말인가? 누가 과연 자네의 친구이고, 누가 자네의 적인지를 말이야. 자네의 친구는 자네에게 안식을 주지 않는 바로 나일세. 그리고 자네의 적은, 그런 나를 끊임없이 잊어버리려고 하는 자네 자신이란 말일세. 내가 없었다면 자네는 유혹에 빠져 파멸해버렸을지도 모를 일이지."

잠시 생각에 잠긴 다니엘은 자기를 괴롭힌 양심이야말로 가혹한 신의 형벌이 아니라 다니엘 자신이 죄에 무감각해지지 않도록 경고하는 선(善)이라는 사실을 깨닫고는, 너무나 기쁜 마음에 행복의 눈물을 흘리며 탄성을 질렀다.

"오, 은혜로우신 하느님, 이렇게 저를 훈계하시다니요! 하지만 꺼져버린 인생의 등불을 제 힘으로는 다시 켜지 못하는 자, 그런 자의 구원은 과연 어디에 있단 말입니까?"

"한번 땅에 쏟아진 물을 다시 그릇에 담을 수 없듯이 한번

떠난 삶을 다시 되찾을 길은 없는 법이지." 에티오피아인이 말했다. "자네가 알아야 할 것은 그거였네. 죄를 범했으면, 더 이상 말하는 데 힘과 시간을 낭비하지 말고, 행동으로 옮겨야 하네."

"하지만 내가 할 수 있는 게 도대체 무엇이란 말인가?"

"그렇게 위만 쳐다보지 말고, 아래를 보게."

다니엘은 불현듯 뭔가에 얻어맞은 사람처럼 멀리 펼쳐진 대지를 바라보았다. 다시금 예의 그 삭막한 평원이 눈에 들어왔다. 그런데 그의 앞쪽, 그리 멀리 떨어지지 않은 곳에서 무언가 도저히 형용할 수 없는 어떤 것이 눈에 띄었다. 무슨 형태라고도 말할 수 없는, 그 색깔은 마치 먼지와 같고, 살았는지 죽었는지도 모를 어떤 것이 놓여 있었는데, 무슨 흙덩어리 같기도 했지만, 어쨌든 꿈틀거리고 있었다.

다니엘이 일어나 그 괴물체에게로 가서 보니, 그것은 악취를 풍기는 문둥병자였다. 귀와 코, 그리고 손가락과 발가락은 전부 썩어 문드러졌고, 두개골이 드러나 있는가 하면, 눈알도 쑥 튀어나와 있었다. 입 자리에는 텅 빈 구멍 하나만이 뻥 뚫린 채, 그곳으로부터 씩씩거리는 소리와 함께 참을 수 없는 악취가 새어 나왔다.

'누가 이런 자를 이곳에 데려놓았을까? 또 이런 곳에서 누가 이자에게 물과 음식을 줄 것인가?' 다니엘이 생각했다. '그를 돌봐주는 사람이 보이지 않으니, 일단 내가 가서 그를 위해 음식과 물을 가져다주자.'

다니엘은 물을 찾아내어 손으로 한 줌씩 들고 와 두려운 마음을 눌러가며 문둥병자의 뻥 뚫린 입속으로 부어 넣어주었다. 그리고 누군가 나타나 밤을 피할 거처로 그를 데려가기를 기다렸다. 그러나 아무도 나타나지 않았고, 그러는 사이 어둠이 깃들면서 몹시 추워지자, 문둥병자는 몸을 웅크리고, 턱을 덜덜 떨기 시작했다. 그 모습이 너무도 무서워서 다니엘은 심장뿐 아니라 뼈마디 하나하나가 모두 떨려왔지만, 갑자기 무언가 행동을 해야 한다는 생각이 들었다.

 '이것이 바로 나를 위한 가르침이며 나의 과제다. 내가 감히 야만인이 살아 있을 때 그 영혼을 선으로 이끌 능력이 하느님에게 없다고 생각하고 그를 죽인 것에 대해 속죄하기 위하여 나는 나의 생명을 아무 희망 없이 고통당하는 사람에게 바쳐야 한다. 아무 희망이 없는 이 시체와 같은 자를 위해 봉사하자. 이 자 속에 꺼져가는 생명의 빛이 희미하게라도 남아 있는 한.'

 그러고는 다니엘은 입고 있던 낡은 누더기를 벗어 문둥병자를 입혀주고, 자신은 벌거벗은 채로 있었다. 그런 후에 다시 물을 발견한 그는 또 한 번 자신의 손으로 병자에게 물을 먹여주었다. 그 후 그는 석회암 벽에 난 작은 공간을 발견하고, 그것을 손으로 넓게 파서, 문둥병자를 그리로 옮겨놓았다. 문둥병자의 부스럼과 고름이 다니엘의 몸에 쩍쩍 달라붙었지만 그는 전혀 신경을 쓰지 않았고, 또 전염될 것을 두려워하지도 않았다. 할 일을 찾은 그는 문둥병자 옆에 살면서, 낮에는 장터를 다니며 품을 팔았고, 저녁에는 문둥병자에게 음식을 갖다 주었다. 그렇게 세월이 흘렀다. 그러던 어느 날 그가 문둥병자와 함께 지낸다는 것이 알려져 사람들이 더 이상 그를 도시로 들이지 않았다. 그래서 그는 콩을 심었는데, 콩은 금방 자랐고, 다니엘과 문둥병자 두 사람은 그것으로 연명했다.

마침내 문둥병자는 병이 더욱 심해져 결국 숨을 거두었다. 그러자 다니엘은 자기가 야만인을 죽이고 죄를 범한 그 처음 순간부터 다시 시작해야 한다고 생각했다. 그러나 이제 그는 이미 늙어서 젊은 시절처럼 사람들에게 많은 도움을 줄 수는 없었다. 그는 자신에게 말했다.

"오, 다니엘, 다니엘! 너는 그렇게 높은 곳에 눈을 두지 말고, 진작부터 대지를 바라보며 너의 도움을 필요로 하는 자를 찾아야 했을 것을……. 자, 이제 너는 다 늙은 개처럼 죽는 일만 남았다. 너는 이미 아무에게도 쓸모없는 자가 되고 말았다."

"오, 사제님, 사제님! 제가 당신을 얼마나 찾았는지 아십니까? 당신은 제게 정말 필요한 분입니다."

갑작스러운 목소리에 다니엘이 눈을 들어보니 앞에 화려하게 옷을 차려입은 청년이 서 있었다. 그가 다시 말했다.

"사제님, 저는 먼 곳에서부터 당신을 찾아왔습니다. 저는 큰 죄인입니다."

"뭘 어쩌겠는가. 회개하는 수밖에."

"그렇습니다. 저는 그리스도의 가르침이 무엇인지 깨달았습니다. 이제 그의 말씀을 따라 살려고 합니다."

"그대는 복된 사람이군."

다니엘이 말했다.

"저는 사람들을 떠나 당신의 제자가 되기 위해 당신을 찾아왔습니다."

"그리스도의 사랑을 접한 사람이 또 누군가의 제자가 된다는 것은 가당찮은 일이네."

"그렇다면, 적어도 한 번만이라도 가르침을 주십시오."

"좋네. 그렇다면 내 말대로만 하게."

"물론입니다, 사제님."

"오직 그리스도의 가르침을 따른다는 마음으로 가서 사람들을 섬기게."

그리스도인 표도르와
그의 친구 유대인
아브람에 관한 전설

제 1 장

　그리스 도시 비잔티움에 두 이웃이 살았다. 그때만 해도 아직 이 도시는 콘스탄티노플이라는 이름으로, 그러니까 러시아어로 황제의 도시라고 불리기 전이었다. 한 명은 유대인이었고, 다른 한 명은 비밀리에 세례를 받은 그리스도인이었다. 유대인은 선지자 모세가 남긴 구약의 신앙을 준수했고, 세례 받은 사람은 자신의 그리스도교 신앙을 건실하게 지켜나갔다. 두 사람은 하는 일은 달랐지만, 각자 성실하게 살아나갔다. 유대인은 금은방을 했고, 그리스도인은 배로 해외 무역에 종사했다. 이웃으로 살면서 그들은 서로에게 해가 되는 일은 하지 않았고, 서로의 신앙을 가지고 논쟁을 벌인 적도 없었다. 각자 자기가 타고난 신앙대로 살아나갔고, 다른 사람 앞에서 자기 종교를 높이지도 않았으며, 또 다른 사람의 종교를 낮추거나 비방하지도 않았다. 이 두 사람의 생각은 이랬다.
　'각자의 신앙을 통해 신에게서 받은 계시가 무엇이든지 간에, 그것은 신의 뜻일 뿐이다.'

이런 식으로 그들은 서로를 잘 이해해주면서 오랫동안 행복하게 살았다.

두 이웃에게는 각자 같은 해에 태어난 아들들이 있었다. 그리스도인은 자기 아들에게 비밀리에 세례를 주면서, 표도르라는 이름을 주었다. 그리고 유대인도 유대인의 법률에 따라 난지 팔 일 만에 자기 아들에게 할례를 행하면서 아브람이라는 이름을 붙여주었다.

그 당시는 아직 이교*가 황제의 도시의 공식 종교였던 때였다. 이교도들 사이에 살고 있던 그리스도인들과 유대인들은 괜히 이교도들의 심기를 건드려 화를 당하는 일이 없도록 스스로를 드러내지 않으려고 애썼다. 그래서 아버지들은 표도르의 세례나, 아브람의 할례도 손님을 부르지 않고 각자 자기 집에서 가까운 일가친척들만 모인 가운데 조용히 거행했다.

두 이웃은 신이 자신들에게 후손을 허락하신 것을 몹시 기뻐했다. 그리스도인은 이렇게 말했다.

"선한 이웃이여! 우리가 살아온 것처럼 우리의 아들들도 그렇게 서로 화목하게 살아가도록 하느님께서 도와주시기를 바라오."

유대인도 같은 말을 하였다.

"하느님께서 그렇게 되도록 도와주시겠지요, 이웃이여. 내

---
* 그리스도교 공인 이후 로마 시대처럼 고대 러시아에서는 그리스도교가 아닌 다른 종교들을 모두 이교로 불렀다.

생각에 우리의 아이들은 틀림없이 서로를 더욱더 잘 이해하면서 살아갈 것이오. 이 아이들은 우리에게서 태어났고, 또 아버지인 우리에게서 좋은 본보기를 얻지 않았소. 모름지기 화합 속에 평화와 행복이, 불화 속에 온갖 종류의 다툼과 파멸이 있는 법이지요."

제 2 장

표도르와 아브람, 이 두 사내아이들이 함께 장난치며 놀 수 있는 나이가 되자, 종교가 다른 두 아이의 어머니, 그러니까 그리스도교 여인과 유대 여인은 아이들을 정원에 데려다 놓고, 어른들을 방해하지 않고 저희들끼리 놀게 하였다. 유대인과 그리스도인의 정원은 바로 이어져 있었는데, 당시의 생활이 소박했던 만큼 중간을 가르는 울타리 같은 것은 없었다. 유대 여인이 아브람을 데리고 나와서 무성한 덩굴장미 관목 아래 잔디에 앉혀놓으면, 그리스도교 여인도 표도르를 데리고 나와 그 옆에 앉혀놓았다. 그러고는 아이들이 놀 수 있도록 손에 잡히는 대로 장난감을 쥐어주고 각자 집안일을 하러 들어갔다. 그러면서 두 여인은 아이들에게 원하는 대로 마음껏 즐겁게 놀아도 되지만, 절대로 싸우는 일은 없도록 언제나 아주 엄하게 타일렀다. 하지만 그러다가도 불가피하게 다투는 일이 생기면, 와서 고자질하는 일 없이, 자기네들끼리 화해하도록 조치했다.

이렇게 단순하지만 선한 가르침을 받으면서 자란 소년들은 서로 친형제처럼 친밀하기 그지없는 사이가 되었다. 아니 오히려 친형제들보다도 더 가까웠다. 아무리 피를 나눈 친형제 사이라도 때때로 서로 시기하면서 싸울 때가 있기 마련인데, 표도르와 아브람은 그런 일이 한 번도 없었던 것이다. 한 친구에게 좋은 일이 생기면 다른 친구도 기뻐했다. 그들 가운데 누가 세례를 받았고, 또 누가 할례를 받았는지, 그런 것은 전혀 상관이 없었다. 부모들은 바빠서 아이들에게 그런 것에 관해 설명해줄 틈도 없었고, 아이들 역시 아직 그런 것이 무슨 차이가 있는지 알아들을 나이도 되지 않았던 것이다. 순진무구한 아이들은 그저 함께 놀 뿐이었고, 놀다 지치면 서로 부둥켜안고 덩굴장미 관목 아래 머리를 파묻은 채 잔디 위에서 잠이 들곤 했다. 덩굴장미 주위로 황금빛 벌들이 윙윙거리며 날아다녔지만, 그리스도교 아이도 유대 아이도 해를 입는 일은 없었다.

표도르와 아브람이 자라서 드디어 학교에 갈 시기가 되었다. 이때는 이미 콘스탄티노플에 이교가 종말을 고하고, 그리스도교가 국교로 선포된 상태였다. 이교도 사원들은 파괴되거나 교회로 바뀌었고, 도시의 성벽과 성문에는 성화들이 걸려 있어, 그곳을 지나는 사람들은 누구나 그것을 보고 경배하며 기도를 올렸다.

이 시기에 많은 것들이 다른 식으로 바뀌었는데, 몇몇 교사들이 그리스도인과 유대인들을 같은 학교에 함께 다니게 하면 안 되고, 서로 섞이지 않도록 어린 시절부터 반드시 따로 분리해야 된다고 고위 당국자에게 청원하기 시작했다. 유대교는 하느님의 사람인 모세에게서 나왔지만, 그리스도교는 그리스도에게서 나왔기 때문에 이 두 종교는 서로 화합할 수 없다는 것이 그들의 생각이었다. 우리 그리스도인들은 유대인들의 구약을 인정하면서도, 거기에 신약을 추가해야 한다고 생각하는 반면, 유대인들은 모세로부터 받은 구약만 준수하면 충분하지, 거기에 다른 것을 추가할 필요가 없다고 생각한다는 것이었다.

제 3 장

 표도르의 어머니와 아브람의 어머니는 자기들의 종교가 정확히 무엇을 말하고 있는지에 관해선 별로 아는 바가 없었고, 당시 대부분의 여인들처럼 단지 피상적인 것들만 알 뿐이었다. 그들이 알고 있는 것은 예를 들어, 유대인들은 의무적으로 일정한 시간에 욕조에 몸을 담가야 하는데, 그리스도교 여자들은 필요할 때만 몸을 씻는다는 것, 혹은 그리스도인들은 돼지고기를 먹어도 되는 반면, 유대인들에게 돼지고기는 엄격하게 금지되어 있다는 것 등이었다. 그 밖에 그들은 이쪽이나 저쪽 교리에서 무엇이 중요한지 자세히 아는 바 없이 그저 어렸을 때부터 각자 배운 대로 자기들에게 필요한 기도를 할 뿐이었다. 그러면서 그들은 이웃 간에 서로의 가정생활이 불편하지 않도록, 또 상대방에게 방해가 되는 일이 없도록 신경을 쓰면서 살아갔다.

 표도르와 아브람이 학교에 갈 시기가 되자, 노인이 되어서도 비밀리에 신앙생활을 하던 그리스도인과 유대인은 아이들에게 이별의 고통을 주고 싶지 않아서 아이들을 같은 스승에게 보냈고, 그 스승은 아이들에게 그리스어 읽기와 쓰기를 가르쳤다.

두 소년은 공부를 잘했을 뿐만 아니라, 누구보다도 열심히 학업에 임했다. 그들은 학교에서 스승에게 배우는 것만으론 성이 차지 않아 집으로 돌아와서도 계속 공부했다. 밥을 먹자마자 다시 정원에서 만나 나무 그늘 아래 나란히 함께 앉아 온갖 다양한 나라와 종교에 관한 책들을 읽어나갔다. 이렇게 한 권 한 권씩 많은 책을 읽고 또 그것들을 머릿속에 잘 기억하는 이 아이들을 스승은 다른 모든 학생들의 모범으로 추켜세워 주었다. 그들은 학업 면에서 스승의 인정을 받았을 뿐만 아니라, 바른 행실 면에서도 아낌없는 칭찬을 받았다. 그만큼 그들은 조용히 사이좋게, 또 서로를 위해주면서 지냈던 것이다.

이렇게 부모들의 큰 기쁨이었던 표도르와 아브람은 언제나 훌륭한 모범생으로서 자라났다.

제 4 장

아이들이 그렇게 총명하면서 말도 잘 듣고, 또 서로 사이좋게 잘 지내는 것에 대해 표도르와 아브람의 부모들은 각자 자기들의 신앙에 따라 자기들의 언어로 신께 감사를 드렸다. 두 가족 모두 이웃집 아들을 자기 아들처럼 대해주었다. 표도르가 아브람의 집에 오면, 늙은 유대인 부부는 표도르를 자기 아이와 똑같이 귀여워해주었고, 그와 똑같이 아브람이 표도르의 집에 갔을 때도 표도르의 부모는 언제나 아브람을 귀엽게 대해주면서도, 그 아이에게 돼지고기를 내놓는 일이 없도록 조심하였다.

한편 표도르와 아브람에게 책 속의 지혜를 가르쳐준 스승은 고대 철학파 출신으로 헬라식 교육을 받은 그리스인이었다. 그의 이름은 팜필로스*였다. 정의롭고 현명한 사람이었던 그는 아이들에게 정의를 사랑하는 마음을 심어주고, 키워주기 위해 노력했다. 그는 아이들을 책으로만 가르치는 것이 아니라,

---

* 그리스어로 '만인의 친구'라는 의미를 지닌다.

직접 말로써 모든 아이들에게 인생의 참된 교훈을 전해주었다. 그는 누구든지 다른 사람을 업신여기거나 친구들 간에 우열을 가리는 일이 없도록 가르쳤다. 왜냐하면 누군가가 다른 사람보다 더 우월한 어떤 것을 가지고 있다면, 그것은 그 사람이 태어날 때부터 원래 가지고 있는 것이 아니라, 신으로부터 선물받은 것이기 때문이다. 육체의 미모나 부모의 혈통, 재산이나 지위, 그 어떤 것으로도 팜필로스의 학생들은 자신을 다른 친구들에게 자랑하지 않았다. 이로 인해 팜필로스의 학교에는 '온갖 출신 성분'의 아이들, 다시 말해 다양한 종교를 가진 다수의 아이들이 다녔음에도 불구하고, 그들은 모두 한 아버지, 즉 하늘과 땅, 그리고 헬라인과 유대인뿐만 아니라 모든 생명체를 창조한 신의 아이들처럼 살도록 교육을 받았다.

수업을 마친 뒤면 아이들은 한데 어울려 서로 즐겁게 이야기를 나누며, 또 장난을 치면서 집으로 돌아갔다. 특히 형제처럼 지낸 표도르와 아브람은 말할 것도 없었다.

그러나 갑자기 새로운 지시가 내려왔다. 이전처럼 모든 아이들이 함께 다니는 학교는 없어지고, 이제 아이들은 종교에 따라 분리되어야 한다는 것이었다. 그래서 그렇게 시행되었다. 그에 따라 각 학교는 '아동육성위원'이라는 특별 감찰관들의 파견을 받고, 아이들이 서로 섞이지 않도록 삼엄한 감독을 받았다.

아동육성위원들은 모든 일을 감시하면서, 무슨 일이든 관여했고, 또 뭐든지 다 캐내기 시작했다. 그들은 선생들이 학교에서 가르치는 것뿐만 아니라, 부모들이 집에서 아이들에게 하는 말까지도 감시했다. 모든 것을 단번에 바꿔버릴 생각을 했던 것이다.

그런 아동육성위원 가운데 한 명이 표도르와 아브람이 다니는 학교에 배치되자, 그는 곧바로 팜필로스에게 질문을 퍼붓기 시작했다.

"팜필로스, 당신의 종교는 무엇인지 말해보시오. 당신 생각에는 어떤 종교가 낫고, 어떤 종교가 나쁘지요?"

팜필로스가 대답했다.

"위원님, 모든 인간이 하나같이 무엇을 믿어야 한다고 말하는 것은 창조주의 뜻이 아닙니다. 우리 모두에게는 아주 다양한 종교가 많이 있습니다. 하지만 문제는 거기에 있는 것이 아닙니다. 문제는 바로 사람들이 저마다 자기 종교만이 가장 우월하고, 가장 참된 종교로 여기고 다른 종교들은 잘 생각해보지도 않고 멸시하는 데 있는 것이지요. 제 자신, 모든 종교를 다 알지 못하기에 어떤 종교가 더 낫고, 어떤 종교가 더 나쁜지 판단할 능력이 전무하고, 또 그것은 저의 직무와는 전혀 상관이 없는 일입니다."

이 말에 깜짝 놀란 아동육성위원이 말했다.

"무슨 말도 안 되는 그런 궤변을 늘어놓는 거요? 그건 절대 안 될 말이오."

팜필로스가 대답했다.

"그런 식으로 해서 전, 적어도 단 한 사람도 잘못된 길로 인도하는 우를 범하지 않습니다."

"잘못을 저지른다는 게 뭐 그렇게 중대한 일이겠소? 누구나 잘못을 저지르지 않소. 이런 건 회개만 하면 고쳐지는 거요. 정말로 중요한 건, 우리가 진리를 알고 있고, 그 진리를 모든 사람들에게 보여주어야 한다는 거요. 그러기 위해서는 사람들을 종교에 따라 구분해야 한단 말이오."

"바로 그것을 위해" 팜필로스가 대답했다. "모든 종교마다 지도자들이 있는 겁니다. 그들이 모든 것을 구분하려고 노력하지요. 하지만 학교에서 제가 신경을 쓰는 일은 단지 아이들이 이성의 판단 아래 아무것도 서로 구분하지 않고 사랑과 화합에 더욱 힘쓰도록 하는 겁니다."

아동육성위원은 이 말에 찬사를 보내기는커녕 다음과 같이 말했다.

"그건 당신의 잘못된 학문적 견해에서 나온 결론이오. 우리는 모든 아동들이 아주 어린 시절부터 자기 자리가 어디인지 알고, 또 자기 신앙에 따라 살아가도록 해야 한단 말이오."

팜필로스 스승은 이에 동의하지 않고 말했다.

"전 그렇게 가르칠 수는 없습니다."

그들은 서로 의견을 주고받으며 논쟁을 벌였지만, 합의에 이르지 못했다. 두 사람 모두 자기 의견에 합당한 근거들을 제시했다.

아동육성위원은 다음과 같이 말하면서 논쟁을 일축해버렸다.

"당신은 내 말에 복종해야 하오. 이곳에서는 내가 상관이고, 당신의 의견 따위는 내게 필요 없으니까."

그러자 팜필로스가 대답했다.

"좋습니다. 모든 것이 위원님의 뜻대로 되어야 한다면, 위원님에게 이성적으로 설명할 필요가 전혀 없겠군요. 하지만 너그럽게 봐주시어, 제 손으로 여기 아이들을 분리하도록 강요하지는 말아주십시오. 이곳 학생들은 아직 어려서, 생각이 여린 데다가 깊지 못하고 단순합니다. 아이들이 나이가 들어 이성을 갖추면, 스스로 자신의 의사에 따라 신앙 문제를 해결할 것입니다. 그때까지는 이들이 순진한 마음으로 서로 화합하는 좋은 습관을 유지할 수 있도록 해주십시오."

이 말에 아동육성위원은 불같이 화를 내며 말했다.

"세속적인 화합이 무슨 필요가 있다는 거요?! 중요한 건 진리에 도달하는 거란 말이오."

그래도 팜필로스는 한 번 더 부탁했다.

"위원님이 이곳 아이들을 보시면 아시겠지만, 아이들이 아직 어린 나이라서 생각이 얕고 굳지가 않습니다. 그래서 복잡한 문제들은 아직 전혀 이해하지 못하지요. 그러니 너그러운 마음으로, 아이들이 함께 공부를 다 마칠 때까지, 그래서 어린 시절부터 영혼의 평화와 상대방을 사랑할 줄 아는 마음이 몸에 밸 때까지 아이들을 분리하는 일을 미뤄주시기 바랍니다. 그러면 개별적인 생각의 차이를 깨달을지라도 아이들의 마음이 분열되는 일은 없을 것입니다."

아동육성위원은 고개를 저으며 말했다.

"우리 생각은 당신 생각과는 다르오. 우리는 이제 모든 것을 우리의 생각대로 이끌어나갈 것이고, 그러면 곧 세상의 모든 것이 우리가 생각했던 대로 될 것이오. 사람들은 누구나 우리가 원하는 것을 아주 어린 시절부터 습득해야 하고, 또 그것을 모든 사람 앞에서 보여주어야 할 거요. 만약 당신과 같은 생각을 가진 자가 있다면, 그런 자는 우리 일에 필요 없소이다. 그래서 난 당신이 그런 식으로 가르치는 것을 허락할 수 없소."

팜필로스는 수염이 날릴 정도로 큰 한숨을 내쉬며 말했다.

"정 그렇다면 뜻대로 하시지요. 권한은 당신에게 있으니, 저로서는 따를 수밖에 없겠지요. 제 생각대로 하는 것을 허락하지 않는다면, 어쩔 수가 없군요. 학교 문을 닫고 학생들을 내보낼 수밖에요."

아동육성위원이 대답했다.

"좋소, 그렇게 하시오. 그리고 다시는 이런 일이 발생하지 않도록 당신 학교 문을 철저히 봉쇄할 것이오."

그러고는 학교를 봉쇄해버렸다. 이렇게 학교가 폐교되자, 팜필로스는 학부형들을 소집하고 다음과 같이 말했다.

"현재 상부에서 지령이 내려왔는데, 그것은 제가 수행하기 힘든 일입니다. 그래서 아동육성위원이 학교를 봉쇄했습니다. 이제 여러분의 자녀들은 여러분의 종교에 따라 정해진 다른 선생들에게 보내십시오. 아이들이 제게서 배운 것은 나쁜 것이 없었지만, 아무쪼록 다른 학교에서 더 나은 교육을 받게 되기를 바랍니다."

학부형들은 겸손한 팜필로스 스승에게서 아이들을 데려와야 한다는 사실이 애석했지만, 아이들을 종교에 따라 정해진 다른 학교에 보내는 것 외엔 달리 방도가 없었다.

제 5 장

 표도르와 아브람, 두 소년이 헤어진 것은 이때가 처음이었다. 표도르는 그리스도인들을 위한 특수학교로 보내졌는데, 그 학교의 선생은 그리스도인들이 가장 옳다고 여기는 사람이었다. 한편 아브람의 아버지는 아브람을 헤데르*의 유대인 선생에게 보냈는데, 그 선생은 유대인이야말로 가장 영리하고, 창조물 가운데 가장 순수하다고 생각하는 사람이었다. 유대의 『탈무드』를 철저히 공부하고, 유대교의 규율이란 규율은 전부 외우고 있는 그 선생은 자신이 배운 대로 다른 종교를 가진 사람들을 한결같이 '불결'하다고 생각했다.

 이 두 명의 새로운 선생님들이 학생들에게 제일 먼저 이야기한 것은, 다른 학교 학생들과는 절대로 장난으로라도 상종하지 말라는 것이었다. 만약 누구라도 이 말을 듣지 않고 다른 학생들과 노는 학생이 있으면 회초리를 맞게 될 거라며 위협

---

* 전통적인 유대인 초등학교

하였다.

한 선생이 아이들이 이것을 잘 알아듣도록 다음과 같이 말했다.

"하느님은 오직 우리와 함께하신다. 그것은 우리가 모두 순수하기 때문이다. 하느님이 우리 외에 다른 모든 것들을 우리보다 훨씬 덜 사랑하시는 건, 다른 것들이 모두 불결하기 때문이다. 다른 사람들에게 있는 것은 모두 불결한 것들뿐이다. 그들에게 있는 것은 모두 빼앗아 정결하게 한 후에야 가질 수가 있다. 그것이 깨끗해진 뒤에라도 불결한 것들과는 다시 상종을 하지 말아야 한다. 혹시 누구라도 아무 생각 없이 그들과 교제를 하는 사람이 있다면, 그는 스스로 불결해져, 하느님도 그를 돌아보지 않을 것이다. 나 역시 한 치의 용서도 없이 그 학생을 회초리로 다스린 후에, 다른 상급 기관에 보낼 것이고, 그러면 거기서 또 다른 곳으로 보내지고, 죽을 때까지 이런 식으로 계속될 것이다. 그리고 그런 자는 사후 세계에서도 다시 불타는 욕조 안에서 청동 빗자루로 매를 맞고, 달구어진 철제 의자에 앉아 끝없는 고통을 맛보게 될 것이다."

다른 선생 역시 이에 못지않게 자기들만 순수하고, 외부의 모든 것들은 불결하다고 욕을 해대면서, 마찬가지로 수업을 받으러 온 아이들에게 자기 말을 듣지 않으면 죽을 때까지 매를 맞고, 사후에도 고통을 당하게 될 거라며 엄포를 놓았다.

첫날 학교에서 그런 가르침을 들은 후 학교를 나선 학생들은 자기들이 정말로 서로 다르다고 느껴졌다. 어린아이답게 서로 하고 싶은 대로 행동하는 것이 아니라, 선생님의 가르침을 생각하면서 상대방을 향해 소리치기 시작했다.

"가까이 오지 마, 너 이 불결한 자식."

다른 학생들도 대답했다.

"불결한 건 바로 너지."

표도르는 다른 학생들이 아브람에게 이런 말을 하는 것을 들었고, 아브람도 표도르에게 불결하다고 욕하는 것을 들었다.

제 6 장

집으로 돌아온 표도르와 아브람은 난생처음으로 이전처럼 함께 있는 것이 서먹한 느낌이 들었다.

어머니에게서 빵을 받아 들고 버릇처럼 항상 함께 놀던 정원의 그 자리로 달려 나왔지만, 서로에게 다가가지는 못하고, 마치 둘 사이에 무슨 차단기가 놓여 있는 것처럼, 그들은 멀찍감치 떨어져 있을 뿐이었다. 가만히 서서 우물쭈물하면서 서로를 힐끗힐끗 쳐다보면서도, 가까이 다가서지는 않았다.

마침내 한 명이 입을 열었다.

"이제 우리는 너희들과 함께 다녀서는 안 된대."

다른 한 명이 대답했다.

"우리도 그렇대."

둘 다 잠시 아무 말이 없었다.

"우리 선생님이 그러시는데, 너희들은 불결하대."

"우리 선생님도 너희들이 불결하다고 말했어."

"아니야, 우리는 불결하지 않아. 우리에겐 우리 하느님이 주신 특별한 법률이 있어. 우리는 돼지고기를 먹지 않는데, 너희는 먹잖아."

"왜 안 먹는데?"

"그건 나도 몰라."

다시 아무 말이 없었다.

"돼지고기 맛이 어때, 맛있어?"

"엄마가 말린 자두와 올리브를 넣고 요리해주시면, 정말 맛있어."

아브람은 생각에 잠겼다. 벌써 오래전부터 표도르 집에 가면 말린 자두를 넣고 요리한 돼지고기 냄새가 정말 먹음직스럽게 느껴지곤 했었다. 아브람의 혀 밑으로 침이 고였다.

아브람은 침을 뱉어버리고 말했다.

"불결해!"

표도르가 말했다.

"우리 엄마는 불결한 걸 만들지 않아……. 우리 학교가 너희 학교보다 더 좋아."

아브람이 대답했다.

"우리 학교가 너희보다 훨씬 좋아. 우리 선생님은 멋진 곱슬머리에 모르는 게 없어."

"우리 선생님도 모르는 게 없어!"

"우리 선생님이 그러시는데, 너희는 불결하고, 우리는 순수하대."

"우리 선생님도 그랬어. 불결한 건 너희라고."

"쳇, 두고 봐, 우리 아버지한테 이를 거야."

두 아이는 각자 아버지에게 가서 말한 후에, 다시 만나 싸우기 시작했다.

"우리 아버지가 그러는데, 너희 선생님이 쓸데없는 말을 한 거래."

"우리 아버지도 그랬어. 너희 선생님이 쓸데없는 말을 한 거라고."

이때부터 표도르와 아브람은 하루가 멀다 하고 싸우기 시작했고, 급기야 얼마 지나지 않아선 날 때부터 친구였던 그들이 서로 주먹으로 치고받으며 싸우게 되었다.

"너, 이 유대인 자식!"

한 아이가 이렇게 말하면, 다른 아이가 대답했다.

"너, 이 미치광이 이방인 같은 자식!"

이런 식이었다. 그리고 다른 아이들도 마찬가지였다. 종교가 다른 아이들이 만날 때면, 더 이상 사이좋게 지낼 생각은 하지 않고, 상대방을 놀리고 욕하는 것을 훨씬 더 즐겼다. 그리고 그것은 언제나 상대방의 종교나 아버지와 어머니를 모멸하는 것과 같은 가장 모욕적인 형태를 띠었다. 아이들은 아직 종교의 차이에 대해서는 아는 것이 거의 없었고, 그저 아주 피상적인 것만을 알 뿐이었다. 아이들이 싸우는 일이 급격하게 늘어났고, 말싸움은 자주 주먹다짐으로 끝이 나곤 했다.

제 7 장

아이들의 싸움은 곧 아버지들의 싸움으로 나아갔고, 이제는 그들 자신도 아이들에게 종교가 다른 아이들과 함께 어울리지 말라고 경고하기 시작했다.

"너희들 때문에 싸움이 끊일 날이 없다."

하루는 표도르의 어머니와 아브람의 어머니가 아이들을 찾으러 정원으로 갔다가 자기 아이들이 경계선을 그어놓고 서로 밀치는 것을 보았다. 아이들은 눈에 쌍심지를 켜고 작은 주먹을 휘두르며 서로에게 소리쳤다.

"이리 오기만 해봐, 오기만 해보라고!"

한 명이 소리치자 다른 아이도 똑같이 소리쳤다.

어머니들은 아이들을 떼어놓았다. 그리고 각자 자기 아이를 팔에 끼고 말했다.

"이런 애들이 어떻게 전에는 한 번도 싸우지 않았는지 정말 모르겠네요. 분명히 당신 아이가 먼저 싸움을 걸어왔을 거예요."

다른 쪽이 말했다.

"우리 애를 어떻게 보고 그런 말을 하는 거예요? 우리 애처럼 착한 애가 어디 있다고. 분명히 당신 애가 먼저 싸움을 걸어왔을 거예요."

싸움이 시작됐다. 당신 애가 이렇다는 둥, 저렇다는 둥 하더니 마침내 욕설이 오갔다.

"우리 정원에 한 발짝이라도 들여놓기만 해봐라."

다른 쪽에서도 똑같은 말을 했다.

그러자 한쪽이 돌들을 모아다가 경계를 만들어 표도르와 아브람이 그것을 넘지 못하도록 했다. 다른 쪽에서 말했다.

"돌담은 내가 더 높이 쌓을 거라고."

그러면서 돌을 던졌는데, 잔뜩 화가 난 상태에서 돌을 던지는 바람에 돌 하나가 상대방에게 떨어졌다. 상대방 여자는 죽겠다고 소리를 질러댔다.

그러곤 서로에게 달려들어 상대방의 옷을 잡아당기기 시작하더니 서로 눈에다 침을 뱉어댔다. 아이들도 뒤에서 도왔다. 이런 식으로 치고 박는 싸움이 시작되면서 엄청난 소동이 벌어지자, 소리를 듣고 다른 이웃들이 달려 나와 두 여인네가 아이들까지 합세하여 한데 엉켜 붙어 싸우는 모습을 바라보았다. 급기야 표도르와 아브람의 아버지도 아내와 자식들이 싸우는 소리를 듣고 달려와 말리는가 싶더니, 이내 그들 간에도 주먹이 오가게 되었다. 그때까지만 해도 담장 너머로 이 싸움을 구경하던 이웃사람들은 직접 끼어들진 않았지만 내심 자기편이 이기기를 바라며 기도했다.

그러나 그것도 잠시였을 뿐, 곧 그들도 더 이상 참지 못하고 담장을 뛰어넘어 각자 자기편을 위해 주먹을 휘두르면서 일대 격전이 벌어졌다.

군인들이 와서 그들을 해산시키고, 처음 싸움을 시작한 이들을 족쇄에 채워 감옥에 집어넣었다. 시장에게는 이 사람들이 신앙 문제로 싸웠다고 보고되었다.

시장은 그리스도인들은 풀어주었지만, 유대인들은 더 매질을 시킨 후에 벌금을 물렸다. 다시는 그리스도교 세례를 받은 사람들과 싸움을 못하도록 다른 사람들에게 본보기를 보여줄 심산이었다.

그 이후로 표도르의 아버지와 아브람의 아버지가 나누었던 이웃 간의 정은 더 이상 찾아볼 수 없었다. 우정은커녕 그들은 서로 보기만 해도 으르렁거리는 원수지간이 되어버렸다. 또 그들은 추후에 다시 싸움이 벌어지지 않도록 집 사이에 높은 돌담을 쌓아 이웃집을 볼 수도 없게 만들었다. 이전에 좋은 이웃으로 지냈던 이들은 이렇게 늙어갔고, 또 서로를 증오하는 가운데 죽음을 맞이했다.

제 8 장

 세월은 신이 예정한 대로 흘러갔고, 표도르와 아브람은 자라나 학교를 마치고 가계를 꾸려가게 되었다. 그들은 모두 아버지가 하던 사업을 이어받았다.

 표도르는 해외 무역을 했고, 아브람은 금은방을 운영했다. 둘 다 부족함 없이 살았지만, 친구로 지냈던 어린 시절처럼 서로 왕래하는 일은 없었다. 그때 특별한 사건이 일어났다.

 한번은 표도르가 축일을 맞아 교외로 산책을 나가 숲 너머에 있는 해안을 따라 걷고 있는데, 같은 학교에서 함께 공부했던 사람 몇이 아브람을 덮쳐 그의 금반지를 빼앗고, 뭐라고 말을 하면서 그를 때리는 것이 보였다.

 "너 이 유대놈, 이게 바로 네가 우리 축일을 지키지 않고, 방자하게 다니면서 일을 한 대가다."

 표도르는 어린 시절이 생각나면서 아브람이 불쌍해졌다. 무엇 때문에 그를 괴롭히는 걸까? 표도르가 끼어들었다.

 "자네들, 왜 그 사람을 괴롭히는 건가? 그가 자네들에게 무슨 잘못을 했다고 그러는 거야?"

그러자 그들이 대답했다.

"이자는 우리 신앙에 불경을 저질렀다고."

"도대체 무슨 불경을 저질렀다고 그러나?"

"우리가 거룩하게 지키는 축일에 이자는 자기 일을 하면서 돌아다녔을 뿐만 아니라, 성화가 그려져 있는 성문을 지나면서 모자도 벗지 않았다고."

그리스도교의 복음서와 유대교의 교리를 알고 있던 표도르가 말했다.

"자네들의 행동은 옳지 않네. 일을 하는 것은 결코 죄가 되지 않아. 성경에도 쓰여 있지만, 양이 웅덩이에 빠졌는데 축일이라고 해서 양을 꺼내지 않을 사람이 누가 있겠는가? 그리고 모자를 벗지 않았다고 그를 벌주는 것도 아무 근거가 없는 일이네. 그건 우리를 모욕하는 게 아닐세. 왜냐하면 우리 방식대로 하면 성물 앞에서 모자를 벗는 게 예의지만, 그들 관습에 따르면 이건 완전히 반대라고. 이 사람들은 성물 앞에서 절대로 모자를 벗어서는 안 된다네. 모자를 벗는 게 오히려 불경스러운 행동이 되는 거라고."

이것은 정말로 표도르가 설명한 대로였다. 하지만 사람들은 그의 말을 믿지 않았고, 오히려 그에게 소리쳤다.

"거짓말 말게. 어떻게 성물 앞에서 모자를 쓰고 있을 수 있나, 그 말은 자네가 지어서 하는 말이지?"

표도르가 대답했다.

"아닐세, 그건 내가 확실히 알고 있고, 내 말은 틀림이 없네."

"그렇다면 어떻게 그런 사실을 자네만 알고 있고, 우린 모르는 거지? 우리 모두 같은 학교에서 배우지 않았나?"

표도르가 대답했다.

"난 학교에 들어가기 전에 집에서 그들의 신앙에 관한 책을 읽었네."

"아하……, 그러니까 그 말인즉 자네도 비밀리에 유대인과 한패라는 말이구먼."

그때 축일을 지키던 많은 사람들이 사방에서 몰려들어 묻기 시작했다.

"여기 왜 이렇게 시끄럽게 싸우고들 그래?"

그러자 먼저 있던 자들이 재빨리 사람들에게 설명을 했다. 여기 불경을 저지른 유대인을 잡았는데, 표도르가 세례를 받았으면서도 유대교를 편들면서 우리 종교를 업신여겼다고 말했다. 그 사람들은 더 물을 것도 없이 표도르에게 말했다.

"당신이 잘못했군!"

"왜죠? ……난 아무에게도 해를 끼친 적이 없는데."

"뭐라고, 해를 끼친 적이 없다고! 그럼 유대인 편을 든 건 뭐야?"

표도르는 이에 굴하지 않고 왜 자기가 아브람 편을 들게 되었는지 설명하려고 했지만, 사람들은 그의 말 따위는 들어볼 생각도 하지 않고 소리부터 질러댔다.

"사정이 어찌됐건 상관없어. 당신이 유대인의 관습을 자기 것처럼 옹호하면, 그건 바로 당신이 유대교를 높이는 거나 마찬가지야. 그렇다면 거기에 따른 대우도 똑같이 받아야지."

그러고는 모두 그 두 사람을 함께 때리기 시작했다. 아브람도, 표도르도.

그들은 두 사람이 실신할 때까지 흠씬 두들겨 패고는, 두 사람을 숲속 어두운 곳에 그대로 내버려두었다.

제 9 장

　정신을 잃은 채 표도르와 아브람은 오랫동안 그곳에 버려져 있었다. 그러다 밤이 되어 한기가 들자 겨우 정신을 차리고 서로에게 의지하며 집으로 기어가기 시작했다. 동이 틀 무렵 겨우 집에 당도했을 때, 아브람이 표도르에게 말했다.

　"내 친구 표도르여! 자네는 내게 정의와 자비를 보여주었네. 내, 자네에게 평생 다 못 갚을 빚을 졌군. 더욱이 내게 가장 귀중한 것은, 자네가 정의로운 사람이며, 사람들보다 하느님을 더 경외한다는 점일세."

　표도르가 대답했다.

　"친구 아브람이여, 어찌 그러지 않을 수 있겠는가. 예수 그리스도가 우리에게 그렇게 명했고, 나는 그의 제자가 되기를 바라니 말일세."

　아브람이 말했다.

　"그렇지. 하지만 자네 스승의 제자들이 모두 자네처럼 스승의 가르침을 이해하지는 않는가 보네."

표도르가 대답했다.

"어쩌겠는가. 하지만 그건 유대인들도 마찬가지지. 대부분 하느님의 계명은 인간의 가르침에 가려져 있다네."

"맞는 말일세." 이렇게 말한 아브람은 한숨을 쉰 후에 덧붙여 말했다. "모든 인간이 진리를 깨닫게 되는 날이 올까? 창조주는 인간들 사이에 분열을 원치 않는다는 사실을 말일세."

"모두 깨달을 때가 오겠지. 하지만 동시에 이루어지지는 않을 거야."

"주여, 그때가 속히 오게 하소서."

표도르가 미소를 지으며 말했다.

"들어보게, 아브람. 어린 시절 자네와 나는 서로 사랑하며 함께 놀았고, 또 함께 같은 관목 아래에서 잠이 들곤 했네. 그러다가 사람들이 우리를 갈라놓았지. 그런데 이제 말일세, 내 생각에 자네는 아직 눈치채지 못한 것 같지만, 우리가 함께 한목소리로 하느님께 기도하지 않았는가……!"

아브람이 말했다.

"자네들 속에 바로 자네들의 스승 예수의 정신이 살아 있길 바라네. 그의 이름은 알고 있지만, 그의 정신은 갖고 있지 못한 그런 사람들의 정신이 아니라 말일세."

이후 그들은 다시 친구가 되었고, 어린 시절의 오랜 습관처럼 일과를 마친 후 함께 만나 이야기를 하며 큰 기쁨을 나눴다.

하지만 각자 친구를 자기 집으로 들이지는 않았다. 그럴 경우 자신들에 대해 떠돌고 있는 소문이 더욱 커질까 봐 두려웠기 때문이다. 그리스도인들은 표도르가 유대인 편을 든 것이 그가 몰래 유대교에 입교했기 때문이며, 심지어 그가 기도할 때 유대인들처럼 펄쩍펄쩍 뛴다면서 수군거렸다. 한편 유대인들은 아브람이 돼지고기 귀를 먹은 데다가 모세의 율법을 어기고 정부의 환심을 사기 위해 비밀리에 그리스도인이 되었다는 소문을 퍼뜨렸다. 그래서 두 사람은 모두 각자의 일가친척과 동료들에게서 악의에 찬 비난을 들어야 했다.

하지만 이것은 사실과 달랐다. 표도르와 아브람 두 사람은 원래 태어날 때부터 지녀온 자기들의 신앙을 지켜나갔다. 그들은 어린 시절부터 결코 어떤 신앙이 더 낫다거나, 어떤 신앙이 더 신의 뜻에 맞는가 하는 문제로 싸워본 적이 없기 때문에 현재도 서로의 신앙에 관한 논쟁은 전혀 하지 않았다. 오히려 그 반대로 신앙을 올바로 이해하고 악한 생각이나 평화를 해치는 악습이 없다면, 그 어느 종교든지 인생을 바른 길로 이끌 수 있을 것이라고 더욱 확신하게 되었다.

그리고 이런 확신에 이르게 된 이후로 그들의 대화는 언제나 조용하고 즐겁게 진행되었다.

한번은 표도르가 아브람에게 이렇게 말한 적이 있었다.

"종교 논쟁 때문에 사람들 사이에 얼마나 많은 불화가 생기는지를 보면 가슴이 너무도 아프다네."

그러자 아브람이 대답했다.

"그건 어쩔 수 없는 일이네. 우리의 눈이 모든 거리와 높이를 똑같이 보지 못하도록 생긴 한, 우리의 이성도 모든 사물을 똑같이 받아들이지는 못할 테고, 그러면 차이가 생기는 것은 당연하지 않겠나. 만일 이런 것이 하느님의 섭리가 아니라면, 사람들은 모두 언제나 똑같이 보고 또 똑같이 느끼도록 되어 있지 않았겠나. 하지만 하느님은 인간을 그렇게 만들지 않았고, 서로 다른 방식으로 이해하도록 만든 것이네. 종교가 다른 것도 이런 이유 때문일 걸세."

표도르도 동감하며 말했다.

"그건 그렇지. 하지만 이것으로 인해 생기는 불화 때문에 내 마음은 너무도 괴롭다네."

"불화 역시" 아브람이 대답했다. "모든 종교가 한 분이신 하느님께로 이어진다는 사실을 이해하지 못하는 데서 오는 걸세. 지혜로운 신앙인은 각각의 종교가 말하는 저마다의 진리를 존중하려고 노력하지."

표도르가 다시 동의하며 말했다.

"그래. 나는 오래전부터 자네의 동료들이 아무 이유 없이 그리스도에 대해 분노한다고 생각했다네. 그들은 그리스도가 모든 사람들에게 단지 선을 행하고자 했다는 것을 이해하지 못했고, 그것 때문에 그리스도는 그를 이해하지 못하는 자들의 분노에 의해 죽임을 당했지."

아브람이 동의하며 말했다.

"의심할 나위 없이 자네의 말이 맞네. 자네가 말하는 갈릴리 사람은 정직하고 거룩하며 현명하기 그지없었지. 그런 그를 이해하지 못하는 것은, 모세의 제자라고 하면서 갈릴리 사람을 증오하는 것이 하느님을 섬기는 길이라고 잘못 생각하는 사람들뿐만이 아니네. 자네의 동료들 가운데 많은 사람들 역시 그들과 마찬가지로 그를 이해하지 못하고 있지. 그거야말로 훨씬 더 슬픈 일이야. 그들은 그 갈릴리 사람을 심지어 하느님으로 숭배하면서도, 정작 인류를 위한 그의 선하고 거룩한 가르침은 수행하지 않고 있으니 말일세. 이게 바로 정말로 슬퍼할 일이지. 나의 친구 표도르, 이것 때문에 자네들은 다른 사람들에게 예수의 그 풍성한 언약을 있는 그대로 전할 수가 없고, 다른 사람들이 당혹하게, 또 자네들의 신앙을 의심하게끔 만드는 거라네."

표도르는 한숨을 쉬며 말했다.

"아브람, 자네의 말에 차마 고개를 들 수가 없네."

그러자 아브람이 대답했다.

"자네 말에 나 역시 고개를 들 수가 없네! 중요한 건 신에 대한 논쟁을 거두고 평화롭게 살도록 노력해야 한다는 것이지."

아브람은 커다란 자기 두 엄지손가락을 눈가에 대고 히브리어로 크게 노래하듯 말했다.

"우메인!"—이 말은 아멘 혹은 우리말로 '참으로 그렇습니다.'라는 뜻이다.

표도르는 가슴으로 힘껏 자기 친구를 껴안으면서 속삭였다.

"그분이 지금 우리 가운데 계시네."

아브람이 말했다.

"그래, 그러길 바라네. 우리와 함께하소서, 갈릴리 사람이시여!"

표도르가 기쁨의 눈물을 흘리며 기도했다.

"우리와 함께하소서! 우리 곁에 머무시옵소서! 우리가 초막을 지어드리겠습니다."

아브람이 다시 큰 소리로 외쳤다.

"우메인!"

이런 식으로 신앙에 관한 대화 역시 한마음이 된 아브람과 표도르를 결코 방해하지 않았다. 그들은 다시 담장으로 나뉜 정원으로 나가 벤치에 앉아 담장 너머로 이야기를 나누곤 했다. 하지만 이것은 그리 오래가지 못했다.

그들의 믿음과 소망과 사랑에는 곧 시련이 찾아왔다.

표도르와 아브람 사이에는 평화가 깃들었지만, 그들 주위의 다른 모든 사람들은 온통 다른 영에 사로잡혀, 모든 것이 그들의 평화를 파괴하는 쪽으로 나아갔다.

제 10 장

.

　표도르를 둘러싸고 각종 재앙이 시작되더니, 계속 꼬리를 물고 이어졌다. 그야말로 하나의 재앙이 또 다른 재앙을 불러일으키는 식이었다. 처음에는 표도르가 건강이 안 좋아져 오랫동안 병석에 드러눕더니, 그다음엔 그의 아이들이 시름시름 앓기 시작했다. 그러더니 아무도 건강을 되찾지 못하고 한 명 한 명씩 모두 죽음을 맞이했다. 그러고는 급기야 집안일에 많은 도움을 주던 사랑하는 그의 젊은 아내까지 죽고 말았던 것이다.

　이런 불행을 당한 표도르는 기력이 쇠약해져 업무 관리를 제대로 하지 못했고, 그런 와중에 그의 직원들은, 그들 역시 그리스도인임에도 불구하고, 그를 불쌍히 여기기는커녕, 그의 불행을 이용해 많은 것을 부당하게 취했다. 그러다가 결국 표도르는 형제처럼 믿었던 그의 채무자 중 한 명에게 엄청난 사기를 당해 그에게 빌려준 돈을 한 푼도 받지 못했다. 이로 인해 표도르의 가세는 기울대로 기울어졌고, 그 역시 절망에 빠졌다. 그런 그를 보고 사람들이 사방에서 수군거리기 시작했다.

"하느님이 왜 자네를 벌하셨는지 알겠나? 이건 모두 자네가 유대인과 친구로 지냈기 때문이라고. 바로 그 그리스도의 원수와 말이야."

표도르는 그 말을 믿지 않았고, 그런 말을 들으려 하지도 않았다.

"자네들은 나를 위로하는 것이 아니라, 내 화만 돋우고 있네. 자네들이 무슨 말을 하고 있는 건지 알고나 있는 건가. 그리스도께선 우리에게 아무도 미워하지 말고, 모든 사람을 사랑하라고 명하시지 않았나."

"유대인만 빼고 말이지."

사람들이 하는 말에, 표도르가 대답했다.

"성경에는 그런 말이 없네."

"유대인은 우리 믿음의 적이라고."

"유대인이 우리의 적이 된 것은 우리 종교의 가르침이 무엇인지 모르니까 그런 걸세. 그건 그들이 우리만 보고 우리 종교를 판단하니까 그러는 거라고. 그러니 그 책임은 우리에게 있지. 아직 악에서 벗어나지 못한 우리가 회개하지 않고 그리스도의 가르침대로 살지 않으니까 그런 거란 말일세. 나의 이웃 아브람은 한 번도 나의 믿음을 멸시한 적이 없었네. 뿐만 아니라 그리스도의 가르침에 대해 존경하는 마음까지 가지고 있다네. 그리고 설사 그가 우리의 원수라고 할지라도, 그리스도인으로서 나는 원수인 그를 사랑할 의무가 있지 않겠나. 그리스도의 뜻을 이루기 위해서 말일세. 아니면 그리스도께서 십자가에서 자기의 원수들을 위해 한 기도를 자네들은 잊은 건가?"

사람들이 그에게 대답했다.

"어떻게 그리스도를 우리와 동격으로 말할 수 있지? 그는 신이고, 우리는 사람인데 말이야. 그건 신성모독이라고."

"아니, 그건 신성모독이 아닐세." 표도르가 말했다. "난 그저 그리스도를 본받아야 된다고 말했을 뿐이야. 다른 사람이 우리의 선행을 보면, 그들은 곧 우리 종교를 좋아하게 될 테니까 말일세. 이런 선행을 통해 온 세상에 우리의 그리스도가 존경받을 분이라는 것을 보여줄 수 있지 않겠나?"

이 말에 사람들은 더욱 화를 냈다. 그리고 그들 중에 성유(聖油)를 제조해 파는 니코짐이란 사람은 다른 모든 사람들에게 표도르의 말을 듣는 것조차 죄라고 말하기 시작했다. 표도르는 유대인의 친구로서 이미 저주받은 사람이기 때문이라는 것이다. 게다가 니코짐은 자신이 환상을 보았는데, 표도르가 앞으로 무슨 일을 하든지 실패할 것이며, 훨씬 더 많은 재난이 그에게 임할 것이라고 말하면서, 표도르와 상종하는 사람 역시 그와 똑같은 화를 입게 될 것이라고 했다.

표도르는 이 말을 믿지 않았을 뿐 아니라 다른 모든 사람들에게 버림을 받는 것도 두려워하지 않았다. 그는 아브람과 어린 시절의 우정을 지켜나가는 것이 결코 잘못하는 일이라고 생각하지 않았다. 아브람은 자신의 신앙을 간직하면서도 다른 사람의 신앙을 멸시하지 않을 뿐만 아니라 그 속에 있는 선한 것을 선하다고 인정할 줄 아는 올바른 사람이었기 때문이다.

제 11 장

아브람이 표도르에게 와서 조용히 입을 열었다.

"표도르, 나의 친구여, 나와의 관계 때문에 자네가 사람들에게 큰 봉변을 당했다고 들었네. 이로 인해서 자네에게 나쁜 일이 생기지 않아야 할 텐데."

표도르가 말했다.

"아브람, 나의 친구여, 내가 자네를 사랑하는데 달리 어떻게 행동을 할 수 있겠나. 우리가 어렸을 땐 사람들이 우리를 갈라놓았지만, 성인이 된 지금 다시 그런 일이 생긴다는 것은 도저히 용납할 수 없네. 단지 큰 불행으로 인해 내 마음이 좀 약해졌을 따름이네. 과연 진정 하느님이 나를 버리신 걸까?"

"살다 보면 행복과 불행은 오고 가는 법이라네." 아브람이 말했다. "그리스도인, 유대인, 이교도 흑인, 이 모든 사람들을 창조하신 하느님은 그 누구에게도 운명의 비밀을 알려주지 않으셨지. 인간이 하느님의 비밀을 꿰뚫어보려 하고, 하느님이 인간에게 내려주신 행과 불행에 대해 자기 식대로 이러쿵저러쿵

토를 다는 것은 교만한 짓일세. 그것을 따지고 판단하는 것은 우리 신앙이나, 자네들 신앙에 비추어 보더라도 전혀 인간의 할 바가 아니지. 우리 인간들이 할 일은 가능한 한 다른 사람들을 도와주는 것일 뿐이야. 지금은 우리의 우정이 큰 위기에 처해 있네. 이 상황에서 자네에게 또 다른 재앙이 찾아온다면, 자네도 힘들어지고, 그건 나에게도 두려운 일이라네. 그래서 자네에게 부탁하는 말이지만, 더 이상 나에 대한 우정 때문에 화를 당하지 말고, 자네가 나를 경멸한다는 것을 다른 사람들에게 보여주게나. 그런다고 해도 나는 자네를 원망하지 않겠네."

이 말을 들은 표도르는 가슴이 미어지는 고통을 느끼며 말했다.

"아닐세, 아브람. 우리는 서로 젖먹이일 때부터 친구였고, 또 자네는 한 번도 나를 욕되게 한 적이 없었네. 그런데 내가 어떻게 그런 식으로 자네를 욕되게 할 수 있겠는가."

아브람은 표도르를 한 번 힘껏 껴안은 후에 눈물을 머금고 말했다.

"정 그렇다면 자네 뜻대로 하게나. 왜 이런 시련을 당해야 하는지 오직 하느님 한 분만이 알고 계시겠지. 일이 어찌 되었든 우리는 서로에 대한 신뢰를 저버리지 않도록 하세. 그러면 하느님이 우리의 신의를 부끄럽게 만들지 않으실 걸세."

두 친구가 이 이야기를 나눈 때는 낮이었다. 그런데 밤이 되자 그들의 도시 위로 구름이 모이더니 하늘에서 벼락이 떨어져 순식간에 표도르의 온 집과 함께 막 해외로 보내려던 물건들을 쌓아두었던 광이며 창고가 전부 다 타버리고 말았다.

제 12 장

 이러한 재난이 발생하자 모든 사람들이 마치 문둥병자를 피하듯이 표도르를 피했고, 그를 상대해서는 안 된다고 믿었다. 하느님의 진노가 그에게 임했다고 생각한 것이다.
 낙심할 대로 낙심한 표도르는 다 타버린 잿더미 위에 서서 생각했다.
 '이제 나를 도와줄 사람은 아무도 없겠구나.'
 그때 귀에 익은 목소리가 담장 뒤에서 울려왔다.
 고개를 든 표도르의 눈에 아브람의 얼굴이 들어왔다.
 "뭘 그렇게 한탄하고 있나? 재난이 닥쳤으면 어서 빨리 추스르고 일어나야 하지 않겠나?"
 아브람의 말에 표도르가 대답했다.
 "이제 내게는 추스를 게 아무것도 남아 있지 않다네. 난 한 푼도 남김없이 다 잃고 말았어. 더 이상 아무것도 건질 게 없다고."
 "내가 자네에게 재기할 돈을 빌려주겠네."
 "농담하지 말게, 아브람!"

"아니, 농담이 아닐세."

"내가 다시 재기하려면 적어도 금화 천 리터*는 있어야 한다네."

"그걸 가지고 무얼 할 건가?"

"황제의 도시에서 새로 물건을 사서 알렉산드리아로 갈 생각이네. 거기선 모든 걸 세 배 가격으로 팔 수 있으니까. 그러면 빚을 갚고도 내게 떨어지는 것이 충분할 걸세."

"그거 괜찮은 생각이군. 그러면 내게로 오게. 내 자네에게 금화 천 리터를 빌려주지."

"하지만 내가 자네를 속이지 않고 빚을 갚는다는 보증을 무엇으로 세우지?"

"보증은 필요 없네. 우리가 어린 시절에 쌓은 우정으로 보증을 삼지."

"내가 예수 그리스도를 사랑하는 것처럼 자네를 속이지 않으리라는 것을 보증하겠네."

표도르의 말에 아브람이 응답했다.

"자네가 그분을 얼마나 존경하는지 익히 알고 있네. 이제 더욱 자네를 믿네. 자넨 결코 그 이름을 헛되이 말하지 않으니까 말일세. 어서 와서 돈을 가져가게."

"그런데 만일 내가 실패할 경우, 자넨 내가 그리스도를 믿

---

* '리터'는 중세 비잔틴 제국의 금화를 세는 단위. 금화 천 리터는 당시 최고위층 관리의 일 년치 연봉에 해당한다.

지 않았다고 생각할 건가?"

"아닐세, 난 자네가 신실한 사람이란 것을 알고 있어. 자, 어서 우리 집에 와 금화 천 리터를 가져가 배를 장만하고 물건들을 싣고 알렉산드리아로 떠나게."

표도르는 차용증서에 서명을 하여 아브람에게 주었고, 아브람은 표도르에게 금화 천 리터를 세어 주었다. 그런 후에 표도르는 알렉산드리아에 필요한 황제의 도시의 물품들을 사서 배에 가득 싣고 이집트로 떠날 차비를 마친 후 작별을 고했다.

사람들은 모두들 표도르가 재기할 수 있는 그 많은 돈을 어디에서 그렇게 수월하게 구할 수 있었는지 깜짝 놀라면서, '분명히 땅에 묻어놓았던 돈이 있었던 게야.'라고 저희들끼리 말을 주고받았다. 배가 출항할 시간이 되자 표도르는 아브람을 찾아와 작별 인사를 하며 다시 한 번 감사의 말을 전했다.

"나의 친구 아브람, 내가 자네를 속이지 않고 예수의 이름을 욕되게 하지 않을 것을 믿어주게."

아브람이 대답했다.

"난 의심하지 않네. 선한 사람은 자기가 사랑하고 존경하는 스승을 부끄럽게 만들지 않는 법이지. 하느님이 자네와 함께하시길 바라네. 자네에게 무슨 일이 벌어질지라도, 난 자네에 대한 신의를 저버리지 않을 걸세."

그러나 아브람의 신의에는 많은 시련이 예정되어 있었다.

제 13 장

　다행히 표도르는 황제의 도시의 물품들과 함께 알렉산드리아에 잘 도착하여 장사로 큰 수익을 올렸다. 그가 번 돈은 아브람에게 진 빚을 전부 갚고도 넉넉히 남을 정도였다. 그러나 콘스탄티노플로 돌아오는 길에 바다에서 풍랑을 만나는 바람에 배가 파선되어 그의 금화는 몽땅 바다에 가라앉았고, 표도르 자신만 겨우 통나무에 의지하여 목숨을 건졌다.

　마침 지나가던 뱃사람들이 표도르를 바다에서 건져내어 그를 콘스탄티노플로 데리고 와 그곳에 알거지가 된 그대로 내려주었다.

　육지에 도착한 표도르는 배에서 얻은 넝마로 몸을 가리고 밤이 되기를 기다렸다가 화재로 폐허가 된 자기 집으로 남몰래 기어 들어왔다. 그리고 지하에 파놓은 저장 굴 속에 몸을 숨기고선 울음을 터트렸다.

　그는 자괴감에 아브람을 만나 귀항 길에 당한 재난을 설명할 엄두가 나지 않았다.

그때 사람들에게서 표도르의 귀환 소식을 들은 아브람이 그가 있는 굴 속을 찾아와 말했다.

"그만하면 됐네, 표도르. 뭘 그렇게 부끄러워하나? 불행은 누구에게나 닥칠 수 있는 법이지. 낙심하지 말게나. 난 자네를 믿고 또 자네가 믿는 신의 이름으로 자네가 맹세한 사실을 기억하네. 그 예수를 자네가 속일 리는 없겠지. 여기 자네에게 다시 한 번 금화 천 리터를 가져왔네. 이 돈을 가지고 처음부터 다시 시작해보게."

표도르는 자신의 눈과 귀를 믿을 수가 없었다.

"난 받을 수가 없네."

"왜 그런가?"

"자네가 보다시피, 끔찍한 재난이 나를 쫓아다니고 있네."

"무슨 말인가, 그러면 그럴수록 용기를 내서 자네를 돕는 친구의 성의를 받아들여야지. 우리 집에 가서 내 여벌 옷을 입고 그 돈으로 다시 사업을 시작하게."

표도르가 말했다.

"내 운명 때문에 자네까지 망하게 될까 봐 두렵네."

"그만하게. 운명까지 들먹일 필요가 뭐가 있나? 운명이 어찌 될지는 아무도 모르는 법이네. 다만 내가 알고 있는 것은, 자네가 나를 위해 자네 동료들에게 매를 맞았다는 사실이네. 그래서 나 역시 불행에 빠진 자네를 그대로 내버려 둘 수가 없네. 이래야만 천지를 창조하신 야훼의 종인 유대인이 사람들에게 멸시를 당하지 않을 걸세. 나를 위해 자네가 당한 고난을 내가 참아내지 못해서야 말이 되겠나. 어서 이 돈을 가지고 다시 행복을 찾아 떠나보게."

아브람은 자신의 여벌 옷을 표도르에게 주어 입게 했다. 표도르는 이전의 채용증서에 쓰여 있던 천 리터를 이천 리터로 고치고 길을 떠났다.

제 14 장

 이번에 표도르는 황제의 도시에서 아로마 제품들을 구입하여 배에 가득 실었다. 그리고 그것들을 알렉산드리아로 싣고 가 많은 이윤을 붙여 그곳 상인들에게서 주석과 교환한 후, 그 주석을 가지고 에페수스로 갔다. 그 당시 에페수스에는 주석에 대한 수요가 많았다. 그곳 사람들은 주석을 적동과 같은 무게로 쳐주었다. 이러한 물물교환에서 생긴 이윤으로 순식간에 부자가 된 표도르는 이제야말로 아브람에게 진 빚을 모두 청산하고 다시 떳떳하게 살 수 있게 된 것을 기뻐하면서 콘스탄티노플을 향해 길을 떠났다.
 하지만 모든 것이 다시금 참담한 결과를 맞이했다. 표도르의 배가 다시 파선되었고, 또다시 그의 전 재산이 침몰되었던 것이다. 유일한 생존자인 표도르는 다시금 이 세상에 나올 때처럼 완전히 벌거벗은 몸으로 귀항 길에 올랐고, 황제의 도시에 있는 잿더미뿐인 자신의 집으로 돌아와 어두운 저장 굴 속의 한구석에 주저앉아 울음을 터트렸다. 또다시 그를 찾아온 아브람이 입을 열었다.

"자, 표도르, 잘 듣게! 자네와 내가 써버린 것은 많은 돈이네. 자그마치 이천 리터나 되는 돈을 몽땅 날려버린 셈이네. 이것들을 되찾아야지."

표도르가 대답했다.

"도대체 어떻게 되찾는단 말인가? 불행이 이렇게까지 나를 쫓아다니는데. 하지만 나를 가장 괴롭게 만드는 것은, 내가 자네의 돈을 감추고 망한 척하는 것은 아닐까 하고 자네가 생각할지도 모른다는 사실일세."

"아닐세." 유대인 아브람이 말했다. "자네는 언제나 정직한 사람이었네. 또한 예수의 이름을 함부로 언급한 적이 없었지. 나는 자네가 예수를 진심으로 존경하고 또 절대로 거짓으로 그 이름을 입에 담는 사람이 아니라는 사실을 잘 알고 있네."

"자네가 나를 그렇게 생각하고 있다니, 하느님이 자네를 위로하시기를 바라네, 아브람. 자네 말이 맞네. 난 예수 그리스도의 이름으로 거짓을 말하지 않네. 훨씬 더 큰 고난이 나를 덮칠지라도 말일세. 그리고 내가 예수를 얼마나 존경하는지 자네가 알아주니 내 마음이 기쁘네."

"자, 더 이상 왈가왈부할 것 없네. 여기 자네가 전에 금화 이천 리터에 대해 써준 차용증서가 있네. 이걸 지우고 새로 삼천이라 쓰고, 세 번째 출발을 해보게."

표도르는 깜짝 놀랐다.

"자네의 선행에 감사하네. 하지만 이젠 더 이상 받고 싶지 않네. 나는 무슨 특별한 죄가 있는 게 분명하네. 아니면 정말로 신앙이 다른 사람들은 서로 도움을 주고받아서는 안 되도록 정해져 있거나."

"바로 그것 때문일세." 아브람이 말했다. "난 자네가 그런 생각을 하는 걸 원치 않네. 만유의 하느님은 한 분일세. 하지만 그분이 어떻게 통치하시든 그걸 따지는 건 우리의 일이 아닐세. 우리의 할 바는 단지 서로를 돕는 일이지. 금화 삼천 리터에 대한 세 번째 차용증서를 쓰고 세 번째 출항을 하게."

제 15 장

아브람의 완강한 요구로 표도르는 금화 천 리터를 가진 채 배를 타고 칼라브리아로 떠났다. 그는 다시 엄청나게 눈부신 성공을 거두었다. 칼라브리아에서 표도르는 은화 한 닢당 밀 한 포대를 사서 그것을 싣고 군달리로 갔고, 거기에서 밀 한 포대에 금화 한 닢을 받고 팔았다. 엄청나게 돈을 벌었지만, 표도르는 거기서 멈추지 않았다. 그는 군달리에서 한 통당 은화 한 닢에 사들인 양질의 포도주를 싣고 안티오크로 갔다. 가는 길에 더 숙성되어 맛이 더욱 좋아진 포도주를 거기에서 한 통당 금화 한 닢에 팔았다. 은화 한 닢에 사들인 포도주를 말이다.

그 후로 표도르는 더 이상 쌓아둘 곳이 없을 정도로 많은 돈을 벌었다. 하지만 표도르는 아브람의 손을 빌려 이전에도 쉽게 돈을 벌었지만, 한 번도 돈을 가져가질 못했다는 것을 잊지 않았다.

똑같은 일이 또다시 이 세 번째에도 벌어지지 않으리라고 어찌 장담할 것인가!

생각을 거듭한 끝에 표도르는 자신이 직접 돈을 가져가지 않고, 그 내용물을 알리지 않은 채 아무나 다른 뱃사람들에게 맡기는 것이 더 낫겠다는 생각에 이르렀다.

표도르는 도시를 돌아다니며 아브람을 위한 선물로 안티오크제 외투와 타고 다니는 당나귀 등에 얹을 안장과 함께 견고한 패물함을 사서 그 모든 것을 한 뭉치로 묶었다. 그 가운데에 놓인 패물함 속에는 금화 사천 리터가 들어 있었다. 삼천은 아브람에게 빌린 돈이었고, 나머지 천은 이자였다. 표도르는 패물함이 보이지 않게 그 모든 것을 잘 묶은 다음 황제의 도시로 가는 뱃사람들에게 주면서 유대인 아브람에게 전해줄 것을 부탁했다. 그리고 얼마 지나지 않아 자신도 그들을 뒤따라 출발했다.

자유인의 신분인 그 뱃사람들은 자기들이 금화가 들어 있는 소포를 싣고 간다는 사실을 모른 채 황제의 도시에 도착하자마자 유대인 아브람에게 그 소포를 전해주었다.

제 16 장

아브람은 신중한 사람이었다. 그는 뱃사람들 앞에서 표도르로부터 온 것이 무엇인지 보지 않고, 꾸러미를 들고 집으로 들어갔다. 그리고 혼자 남게 되자 문을 잠근 후에, 외투와 안장을 풀어보았다. 그 안에는 단단히 봉합된 패물함이 있었고, 그 패물함 속에는 돈, 그러니까 부채 상환금 삼천과 이자 천을 합한 금화 사천 리터가 그대로 들어 있었다.

아브람은 돈을 세어본 후, 그것들을 감추고 그 어느 누구에게도 아무 말도 하지 않았다.

곧이어 무사히 도착한 표도르는 오자마자 많은 선물을 갖고 아브람을 찾아와 그 앞에 옷감이며, 보석이며, 금붙이들을 늘어놓았다.

"이것들을 받게. 이 모든 것이 자네 덕분이네. 자네가 없었다면 난 파멸하고 말았을 걸세."

그러자 아브람이 대답했다.

"선물은 고맙게 잘 받겠네, 표도르. 그럼 이젠 빚을 돌려줄 때가 된 것 같군."

표도르는 몹시 놀랐지만, 친구에게 대답했다.

"당연하지, 아브람. 내가 지금 온 것은, 자네에게 먼저 감사의 뜻으로 선물을 전해주기 위해서였네. 그러니 이제 나와 함께 내 배로 가서 내게 있는 것들을 모두 확인하고 잘 헤아려 정확히 이등분을 한 뒤, 반은 내가, 다른 반은 자네가 나누어 갖도록 하세."

아브람이 웃으면서 말했다.

"아닐세, 표도르, 내가 자네를 장난으로 시험해본 걸세. 자네가 혹시라도 나에게 화를 내면서 내가 영락없는 유대인이라고 비난을 하지는 않을지 볼 생각에서 말일세. 하지만 자네가 정말로 자네의 스승인 갈릴리 사람 예수와 같이 온유한 사람이라는 것을 깨달았네. 자네가 보낸 뱃사람들에게서 빌려준 돈 전부와 이자를 받아서 이제 나는 자네에게 더 이상 받을 게 없네. 여기 자네의 차용증서를 받게나. 그런데 한 가지만 내게 말해주게나. 어째서 자네는 그렇게 많은 돈을 아무런 물증도 없이 나에게 보낸 건가?"

"자네도 알겠지만," 표도르가 대답했다. "난 귀항 길에 또다시 당할지도 모르는 재난이 너무도 걱정이 되었다네. 그래서 나의 보증인이 되어주신 내 구주의 이름을 다시 한 번 욕되게 하느니 차라리 자네에게 두 번 계산할 생각을 했지."

아브람이 표도르를 포옹하며 말했다.

"그렇군. 자네는 정말로 그분을 사랑하며 공경하는 사람이네. 자네를 닮은 사람들, 자네와 같은 사람들이 이 세상에 많아지기를 하느님께 기도할 뿐이네."

"그래, 자네 같은 사람들 역시 많아지길 하느님께 기도하네, 아브람."

표도르는 이렇게 화답하며, 자신의 재산으로 가난한 모든 아이들이 신앙의 구별 없이 어린 시절부터 서로가 서로를 피하지 않고 친하게 지내면서 함께 음식을 나눌 수 있는 집을 짓고 싶다는 자신의 희망을 이야기했다.

아브람은 몹시 기뻐했다.

"좋네. 나도 이자를 받지 않고 이 집을 짓는 데 내겠네. 우리가 어렸을 때 그랬던 것처럼 아이들이 싸우지 않고 살 수 있길 바라네. 그리고 이런 우리의 우정이 우리의 노년에도 기념이 되었으면 좋겠네."

그래서 그들은 집을 지었다. 그리고 그 집을 '친구들의 집'이라고 불렀다. 그리고 이 집에 와서 함께 기뻐하며 그들의 '친구들'을 위해 애쓰면서 모든 것을 창조하신 하느님을 위해 한마음으로 봉사하는 데 노력을 기울였다.

이 이야기는 작가가 여가 시간에 지어낸 그런 허구가 아니다. 이것은 고대에 실제로 있었던 실화로서, 그 당시 인간에 대한 사랑을 지닌 신앙인의 손으로 집필된 이야기이다. 고대 필사

본에서 발췌한 이 이야기는 형제에 대한 증오와 악감정에 사로잡힌 현시대를 애통해하며 평화와 인류애를 간구하는 친구들에게 작으나마 기쁨을 주기 위해 새로운 형식으로 쓰인 것이다.

옮긴이의 말

『그리스인 조르바』의 작가 니코스 카잔차키스가 러시아를 방문했을 때, 막심 고리키를 만났다. 인간의 위대한 비밀을 파헤친 발자크의 문학을 극구 칭찬하는 고리키에게 카잔차키스가 물었다. "도스토옙스키와 고골은 어떤가요?" 그러자 고리키가 말했다. "아니, 아니에요. 러시아에는 레스코프 한 사람뿐이죠."

막심 고리키가 러시아의 유일한 작가로 꼽은 니콜라이 레스코프(1831~1895). 러시아 국경 밖에서 그를 아는 사람은 그다지 많지 않다. 하지만 그의 문학을 한 번이라도 접한 사람은 누구나 그를 러시아의 대표적 작가로 인정하기를 주저하지 않는다. 독일의 문예학자 발터 벤야민이 그중 한 명이다.

러시아 내에서 레스코프는 자타가 공인하는 러시아의 토속적 작가이다. 아마도 레스코프만큼 광대무변(廣大無邊)한 러시아의 역사와 지리, 문화와 삶에 정통한 작가도 드물 것이다. 러시아에 관한 그의 지식은 비단 모스크바나 페테르부르크와 같은 러시아의 대표적인 지역에만 국한되지 않는다. 레스코프는 러시아 국경의 끝 시베리아의 오지와 남쪽으로 펼쳐진 중앙아시아의 변방까지도 문학에 녹여낸다. 또한 그는 러시아 문화의 기반인 러시아정교에도 정통한 인물이다. 러시아정교의 성직자들과 러시아정교의 분파인 분리파교도에 관한 그의 소설들, 그리고 러시아 민중의 사랑을 받는 이콘에 관한 그의 작품(예를 들어「봉인된 천사」)은 러시아 문학에서 거의 독보적인 위치를 차지한다. 이런 레스코프가 작가적 역량이 가장 원숙했던 시기에 그리스도교 성자들의 이야기를 소재로 일련의 주옥같은 작품들을 썼다.

여기에 소개된 레스코프의「광대 팜팔론」외 4편의 중·단편들은 그리스도교 초기 동방정교의 성자들에 관한 전설을 다룬 일종의 창작 성자전이다. 성자전은 예로부터 러시아 민중들이 즐겨 읽던 문학 장르였다. 레스코프가 19세기 후반 초대교회를 배경으로 한 성자들의 이야기를 소설로 새롭게 쓴 이유는 무엇일까? 그것은 당시 부패했던 제도교회를 비판하면서 그리스도교의 진정한 가치를 전하고자 했던 작가의 의도에서 비롯된다. 레스코프는 19세기 후반 강력한 러시아를 부르짖는 차르 정권 아래 지나치게 제도화되고 권력화되어 형식만이 지배하는 러시아정교를 '비잔틴주의Byzantinism'에 의해 변질된 것으로 보았다. 그렇다면 변질되지 않은 그리스도교의 본래 모습은 어디에서 찾을 수 있을까? 레스코프는 그 해답을 그리스도교 초기 전설에서 찾았다. 그리스도교가 권력이 되고, 제도로 굳어지기 전의 모습. 살아 있는 신앙이 교리로 화석화되기 전의 모습. 생생한 삶의 이야기들이 절대불변의 경전으로 추려지기 전의 모습. 지금 막 태동하여 연약함과 부드러움을 담고 있던 모습. 레스코프는 그런 처음의 모습들을 간직했던 초대교회의 이야기들을 독자들에게 전함으로써 그리스도교의 잃어버린 모습을 회복하고자 했던 것이다. 그가 「광대 팜팔론」의 첫머리에서 부드러움이 강함을 이긴다는 노자의 구절을 인용한 까닭도 여기에 있다.

번역하는 내내 우리 사회의 종교들, 특히 한국의 그리스도교를 생각하지 않을 수 없었다. 우리 사회의 교회들은 혹시 너무 강해진 것이 아닐까? 너무 강해져서 움직일 수 없을 정도로 굳어지고 딱딱해진 것은 아닐까? 그렇다면 그것은 죽음이 가까워졌다는 징조임을 깨달아야 한다.

라이너 마리아 릴케는 모든 처음은 아름답다고 노래했다. 도스토옙스키는 아름다움이 세상을 구원한다고 부르짖었다. 그렇다면 우리는 처음으로 돌아가야 한다. 그것만이 살 길이다.